飞扬

飞扬·青春校园记忆美文精选

彼岸的烟火

省登宇 主编

国际文化出版公司
·北京·

图书在版编目(CIP)数据

彼岸的烟火/省登宇主编. 一北京:国际文化出版公司,
2012.6(2024.5重印)
(飞扬·青春校园记忆美文精选)
ISBN 978-7-5125-0349-6

Ⅰ.①彼… Ⅱ.①省… Ⅲ.①散文集－中国－当代
②短篇小说－小说集－中国－当代 Ⅳ.①I217.1

中国版本图书馆CIP数据核字(2012)第065393号

飞扬·青春校园记忆美文精选·彼岸的烟火

主　　编	省登宇	
责任编辑	戴　婕	
统筹监制	葛宏峰　　李典泰	
策划编辑	何亚娟　　黄　威	
美术编辑	刘洁羽　　王振斌	
出版发行	国际文化出版公司	
经　　销	国文润华文化传媒(北京)有限责任公司	
印　　刷	三河市同力彩印有限公司	
开　　本	700毫米×1000毫米	16开
	9.75印张	132千字
版　　次	2012年6月第1版	
	2024年5月第2次印刷	
书　　号	ISBN 978-7-5125-0349-6	
定　　价	38.00元	

国际文化出版公司
北京市朝阳区东土城路乙9号　　邮编:100013
总编室: (010) 64270995　　传真: (010) 64270995
销售热线: (010) 64271187
传真: (010) 84271187-800
E-mail: icpc@95777.sina.net

CONTENTS 目录

第1章

彼岸烟火

太过于浓重的伤痕在莫名中裂开，

如同小时深爱的栀子花，

最后总是在残忍中凋谢

彼岸的烟火 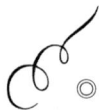 ◎文/章文佳

序章

那天安佳对天然说，上海有一场烟花会，你会不会来看。

十八岁，安佳在学校里做着优异的校刊主编，有一贯优等生的温和与隐藏着的不为人所知的气息，她有一张精致的脸与漂亮的外交手段，生活平静而完美，唯一不能让人理解的是那一手文字，反常的凄冷与淡漠。我始终就是淡漠的人，她说。

安佳记得小时候喜欢栀子花，那么欢喜，从集市上买来别在白色的衬衣上面，一路欢愉蹦跳笑容甜美。她记得外婆的笑容，记得她给她买的第一颗糖果，味道很特别，有一种甜腻的感觉在舌尖缠绕。多年以后的面容变得那么模糊，但是味道却一直留存下来。那个时候的安佳是一个高贵、美好的孩子，学习钢琴并且有一种天生的号召力，明亮的笑容一直让同龄的孩子无可比拟。小时候，她喜欢看烟火。

一

有时天然问她，你为什么不快乐，我对你不好吗？

她抬头看着他，她觉得他是无辜的没有错误的，她的不快乐抑或是冷漠原本与他无关。

我原本就是个冷漠的人，她笑着说。笑容甜美，如同十岁那年一样。她没有想要试图告诉他关于她的过去，曾经有过后来忘记了。有时候她很想问他，你有没有觉得很寂寞的时候，希望被人拥抱，一下就好。但是每次想要张开嘴巴，眼泪就会涌出来，然后只好抬起头，让眼泪倒回去。说，天然，抱抱我好吗？轻声地请求。有时候他不在她的身边，她打电话给他，他会轻轻在那边说我爱你，然后她的眼泪就这样轻轻地落了下来。

喜欢一段音乐，取自电影《洛丽塔》，喜欢那个女孩子，那种纯粹的感情在这个世界似乎已经消失不见。很久以前有人给她算过命，说她是个才华非凡与众不同的女孩子，但是眼角有颗褐色的泪痣，手掌心的纹路过于曲折，所以命不会太好。她一直不相信。那天她把他的手掌摊开，她说，天然啊你的手心纹路很顺畅啊，呵呵不像我，那么曲折，那么多的弯弯绕绕。他拍拍她的头说，碰到我以后你会顺起来的，相信我。然后她笑开了，甜美的样子。那一刻她觉得她是一个孩子，很小很小的孩子，用单纯的承诺抵挡命运，安静地相信着这个人的爱，相信着这一刻的单纯与快乐。他给她买可爱多的时候，她说你是第一个给我买可爱多的人。他说，这有什么，要买的话以后要买宝马。然后她又笑，她知道他未曾懂得这句话的意思，她的眼泪轻轻落下来，滴落在生命里的第一个可爱多里。然后她记得那天他吻了她，非常温暖的感觉，轻轻地包围了漂泊了十八年的生命。

她不晓得自己是不是一个不相信爱情的人，就好像那些美丽的承诺和爱过自己的那些人最后总是不断地消失，然后她对他说，其实我是一个很寂寞的人，需要不断地被爱填补。或者因为爱的缺失每一刻都在恐惧中度过，如同一个已经被吃坏的胃，索求无度而且伤痕累累。然后她望着他，她说，承诺总是离生活那么远，给我承诺的人最后总是会消失。

比如颜夕。颜夕，她说，他曾经给过我承诺。

我曾经以为我会与他在一起，与给予我生命里的第一种温暖的人一起，然后我发现诺言总是销毁得轻易而且不留痕迹。以前有个电影叫《玻璃之城》，黎明对舒淇说，怕什么，我总是会来娶你的。结果电影里只用了短短几秒钟就毁了这个诺言，这种等待却没能消退，剩下的只是无止境的伤害。如果承诺不能被完全拥有，那么就只有绝望。宁可不要有希望也总好过希望后的绝望。

二

遇见颜夕是十三岁的记忆。

隐藏在意志里的某种不安全感和震慑的疼痛，层层叠叠，无可比拟地展延。

她始终相信，有些事情，在第一个瞬间就已经被注定。

那年的秋天，安佳记得。她记得，他的眼睛和他的笑容。

他说，我叫谈颜夕。他在黑板上写下自己的姓，用漂亮有曲折的粉笔字。她听见下面有女生惊讶的声音、崇拜的声音。她见着他冷峻的笑容，明亮的眼睛，骄傲的眼神。她始终相信，有些事情，在第一个瞬间就已经被注定。

安佳想起《那时花开》里笑容清亮邪气的朴树，想起电影里周迅无所适从的脸，说着朴树那双犹如孩童一样的眼睛。电影的开头，她嫁给他，在影像里晃动最初他们余留黑板的字迹。黑板四周覆盖灰尘，暗无天日。那部电影她没有再看下去，那一年她十四岁。她只是知道电影里朴树叫做张扬，周迅叫做欢子，周迅穿着俗气的婚纱衬着漫天的雪景吻着笑容温和孩子气的朴树。她惊觉他有如朴树一样的气息。

他有很长的漆黑的头发，她一直看着他。

那年他二十四岁。他让他们交的第一份作业,画的即是心中的幻觉。一场无所顾忌的幻觉，用曲折的记忆，他要他们描述心中的他。她用

2B 的铅笔打着浓重的阴影，看着他从讲台上走下来，临着窗朝外望去。他的脸非常非常俊美，艺术家的气息浓重如同一重厚重 2B 的阴影，深刻明静。他的长发在风里飘。安佳忽然觉得有一种盛大的力量在张开，层层绽开，如花一般，将人掌控，使人沉溺。

她是孤独寡言沉默的女孩子，需要爱和拥抱。她用色彩来表达内心的深刻。白色的画纸上只有黑色。黑或者白，完全的光明或者沉溺的黑暗。她看见周围所有的人都在用美术颜料上色，她一直看着，看着。所有。只有她的，除去黑白别无他色。颜夕走到她桌子旁边，她轻声问道，谈老师……颜夕低头看她。是不是可以，不用颜料。她的声音如此微小。可以，颜夕笑，然后看着她桌角上三十五分的数学试卷。你是叫许安佳吗？他说。他笑起来很好看，俊美而且有迷惑的气息。周围的人都看着他们。但是安佳没有再说话，她低下头，请你喊我安佳。他的眼睛很明亮，深邃，像是湖水。安佳在画的背面写字，她写，送给我深邃的一束光芒。她写，我叫安佳，请你记住我。

次日清晨，她走过颜夕的办公室。她透过阳光照射的玻璃窗，看着颜夕手中的画。她看着他手中的那张只有黑白两色的画。于是，她微笑，孩童一般天真的笑。她轻轻地贴着玻璃窗，阳光直直附在她脸上，衬着光亮，她轻轻说，谈老师，送给我深邃的一束光芒，一片深蓝深蓝的海洋……

三

天然，我大概是个不容易快乐的人，所以我把自己关在房间里写字，我的内心戏太重太深刻。那日，安佳对天然说。

许天然是学校前任校刊主编，一直是才华横溢而且激烈的男孩子。有时候安佳不明白，为什么一生总是为激烈的才着迷。颜夕亦是如此，大抵也是天意。因为与部长发生激烈争执，许天然被调职处置，由许安佳接位，这个年轻聪慧漂亮的女孩是最好的人选。没有任何的认证及投票，直接接位。然而她爱他，她愿意用放弃主编职位的代价来爱他，尽管那时她已作出成绩，是学校的熠熠明星，登上报纸封面，在校园里被人撞到索求签名，很得下属的心并且是校刊四年来的最佳主编，被推荐去报社实习。她的笑容那么甜美，仿若十岁那年。

她记得她看见许天然的第一眼，他的才华令她折服，那番光景让她为之着迷。安佳说服新来的部长及学校领导，同意他回校刊做首发式的司仪，和她一起主持校刊的年度首发式。那时学生会已有人猜疑他们的关系，她亦不回避且直言不讳。直到首发式上她把所有的台词给他，把所有的光芒聚焦在他一人身上，做他的陪衬，她甘愿在旁微笑。如她所愿，他的口才及智慧令在场的学生会部长及领导一一折服，她确信那一刻她的笑容是真实存在的。随后的颁奖礼上，他为她颁授最佳主编，奖品是一顶皇冠，插在她发际的瞬间他忽然问，安佳漂亮吗？像不像一个公主？全场静了许久并渐渐都有了意味深长的笑容。

那一场首发式空前的成功，校刊成为学校当红期刊，她亦如此。更多的人知晓他们的关系，放学，她等在他们班级的门口，有时是三个小时，有时是四个小时，为的只是等待他放学一起回家。被他拥抱的感觉是一种恒定的期待。因为当红又上过报纸封面于是被人知晓，有时会有人用异样的眼光看着她，但是她无所谓，她用听音乐写字打发时间，有时需要开会便把时间控制在他放学前。由于工作成绩优异，出乎意料地，学校领导并未反对他们的恋爱，偶尔遇到，还小小地开他们玩笑。有时候她问他，我们究竟还要多久才能毕业，她说不想做主编了，不想开会了，不想再演戏了，想要一直看见他。

他一直习惯拉着她的手，无论走到哪里，她亦是乖巧可人笑容甜美的孩子，任他望着她的脸。她好似不是那个讲台上端庄高贵的主编而只是他的小小孩子，他的爱人。她甘愿放下所有的光环荣耀，为着他的笑容及温暖。在他的身边，她的笑容总是甜美，有一种清澈的没有杂质的感觉，好似未经世事的孩童一般。

她对他说，我喜欢王菲，华语的只喜欢王菲，还有就是歌剧。他看着她，然后对她说，我一定要让你快乐。他说得坚定，她亦是不疑地相信。自从与她恋爱，许天然变得温和起来，没有了往日的激烈，但依旧才华横溢，依旧使她深爱，沉迷于他的拥抱亲吻中。她深信，即便他并没有才华，她仍然爱他。并且可以甘愿放下所有，与他在一个迷宫一般的世界里。

我漂泊太久，心已经陈旧了。所以天然，我的心中始终存在着阴影，太过于浓重的伤痕在莫名中裂开，如同小时深爱的栀子花，最后总是在残忍中凋谢。

深夜，她给他打电话。她轻轻说，我想你了，天然，很想念你。她说，天然，我们为何不能早日遇到，为何？

四

四年前，颜夕对许安佳说，跟我来，跟我来。

四年前，他来做美术老师。他说，我姓谈，叫谈颜夕，你们可以喊我谈老师。后来他要他们自我介绍，她站起来，看着他。她说，我叫安佳，许安佳。安佳从来不按照他的要求画，她从来不顾及他是身边多少女生倾慕的对象，她从来都是这样，一直是。她写诗，他把她喊到办公室里。他问她，你是不是对我的上课方式有意见？还是你想要说什么。她没有说话，表情一贯的淡漠。

那一年，她在学生会。在自己的学校里，人人知晓。她拥有无数人的簇拥，但是她的眼神是空。心里始终记得曾经有这样的一个人，那个眼睛非常漂亮的人说，跟我来。

她是很多人的希望，她感觉疲惫。开完学生代表会后跑出去和他见面。她还是喊他，谈老师。她还是会说，谈老师，我该怎么办？她还是淡漠的样子，但是她说，现在的生活太功利，我已经被折磨得不正常。她说，一年，一年的时光，我开始惘然。抬头依旧撞到他的眼睛，他慢慢地说，看到你这个样子，还不如让你不要做。

他提出要她做女朋友的时候，她正在弹吉他。她想很好啊，这样很好。尽管学校里的日子黑暗得没有光亮，但是自己心爱的人在也好啊。其实她是个要求那么简单的女孩子，她只是要求这样的保护。那个时候安佳在学生会的名声太好前途太亮，遭人妒忌，甚至有人放出话来要找人打她。

随便吧。安佳并不在乎。

然后他说，安佳。眼睛里第一次有了疼惜的感觉。

安佳，跟我来。记忆里面这句话不断地重演。

她想，她并不爱他，只是需要被保护，渴求拥抱，被一个人抱紧，没有告别，没有阴暗。只是为了活下去。

五

那日，如往日般一起回家，在车上的最末几站，许天然忽然取出一枚戒指，他说，安佳，乖，把手放到我的掌心里，乖。安佳记得那是毕业的前一个月，校刊的交接工作出现了严重的问题，他们都穿着学校蓝色的校服，有很柔软很灿烂的阳光，她把头发扎了起来，乖巧地靠在他的肩上。他为她戴上戒指，她忽然想起十岁那年别在衣领上的栀子花，她想笑却不知为何热泪盈眶。

安佳，我会一直好好待你，我真心喜欢你。

他给她承诺。如果时日无所变迁，只要你需要，我会一直不离开你。

她想她是爱他的，想要嫁给他，尽管手腕上割脉造成的伤痕时刻提醒她颜夕在她身上留下过痕迹。然而她想或许她可以重新相信，相信这样的承诺。这个男孩子，她从十五岁时候遇到他。他是校刊副主编，她是新人记者，而后他是校刊主编，她是他的副主编，那么多年来她习惯在每一次的会议上听他的发言看他的眼睛，习惯他说的每一句话。她仍能记得第一次见着他的那瞬，他的才华及光芒仿若能掩盖住所有。

然后他轻轻地问，安佳，你愿不愿意嫁给我？

安佳抬起头看着他，这个她从十五岁开始就遇到的人，在十八岁相爱的人，为什么我们不能在我未曾经历疼痛的时候相爱？但是没有关系，安佳笑着对天然说，我愿意，我一定会嫁给你的。然后她轻轻地哭了。他说，安佳，你怎么了，不快乐吗？她摇摇头，然后努力让自己笑容甜美。

第二天，她戴着他送的戒指去学校为校刊做最后的工作，如同一年来她只是替他掌管这本刊物，然而不知道为何心里总是有缺失，仿若总有一天会有一个人回来替代她，她知道是他，但是她等了太长时间。刊物的新主编竞争激烈，安佳对此无任何看法，虽然她是最有发言权的人，但她明了，她并不想让刊物从和睦转为纷争，虽说这是无法避免的事情。

最后一次站在校刊的会议室讲台上，最后一次以主编的身份决定最后一件事情。然后新来的部长走上去善意提醒：把戒指拿下来，学校不允许的。今天那么多部长都在……她怔怔地看着她的眼睛，然后轻声但是坚定地说，不，我不会拿下来。随后她宣布了与另一副主编商议下来的结果，宣布了新任主编的名字，把主编证交接，再走下台来，最后转眼看一下这个爱过的地方，头也不回地走掉了。她忽然想起她的主编证上，一直都是印着代理主编，一直都是代理。呵呵，她笑了，笑得很平和。

她知道，她在这里也只是因为他。她做他的副主编，为他代理主编。而现在他不在这里了，她也不必继续代理了，这里于她已无任何的意义。光芒万千又如何，明星闪亮又怎样，过尽千帆，然后却发现一切都是灯火阑珊。他们都要毕业了，他在哪里，她就去哪里。她始终记得她说过要嫁给他。

六

听到颜夕结婚的消息时，安佳正在阳台上浇花，忽然想起王菲的《蝴蝶》，然后转过身淡淡地微笑。她想起天然已经六天没有给她打电话了，不知道为什么开始害怕，于是心里生生地抽了一下，非常重地抽了一下。她忽然开始想念他的微笑、他的拥抱、他的气息，然后跪在地上哭了起来。她害怕他忘掉了他的承诺，关于和她永远在一起的承诺。

天然打来电话，他在电话那边轻轻地喊，安佳，我想你了。安佳，为什么不给我打电话呢？然后她发现她的手机停掉了，她尽量控制住自己的语调，她说，天然，你好吗？在做什么？我很想念你，我怕你不要我了。他在电话里笑了，傻孩子，你为什么总是不自信？我说过我们会一直在一起的，我们就会一直在一起的。然后安佳无法抑制自己，终于还是哭了出来，天然，抱抱我，好吗？请求你抱抱我。

可是，天然，离你娶我的那年，究竟还有多远？

作者简介
FEIYANG

　　章文佳，曾用笔名木藤子轩、暗夜以北。1988 年 10 月生于浙江金华，天秤座，0 型血。（获第九届全国新概念作文大赛二等奖，第十届新概念作文大赛二等奖）

写信女子 ◎文/陈焕文

　　相邻的房间新搬进一个女子，是一家法式餐厅的经理。约定的期限是租住一年。

　　她刚来时拖着一个巨大的旅行包，手里拿着一个精致的却不小的布艺袋，肩上还挎着一个女子常用的黄色手提小包。看起来穿的衣服应该是小店淘来的好东西，长发恣意地披着。

　　我听见长期安静的隔壁有了声响，便开门看一看，相见的时候，彼此微笑一下。她进门后，我也回屋关上了房门。

　　长久以来地一个人住，甚至连相邻的房间都是空的，空气中便缺少了人的气味。那种气味似乎是我所赖以生存的，我从不敢否认这一点。公寓并不是繁华和抢手的地段，相邻的房间便空了好久。如今终于有人为伴，当晚我便决定拜访她。

　　开门时，她依然身着宽松的布衣，是上午见到的那件。屋里简约却已然整洁。靠着落地窗的小写字台上亮着明亮的灯，钢笔放在信纸上，一旁的手提电脑关着。

　　你好，我住隔壁。

　　请进。她微笑一下欢迎，待我坐上沙发，她开始去冲橙汁。我坐在沙发上看着她，清瘦而坚毅的背影，长发仍然是披散着的，便断定是一个喜欢长发飘飘的女子。

她很快端上来两杯橙汁。

我没有冲得太浓，否则也许会影响睡眠。她说。

你很容易和陌生人说上话？

有时吧，倒不一定。我第一眼看见你觉得你是清静的，看样子你一个人在这里住了很久，能够坚持下来，应该不容易，我一贯相信自己的直觉。她笑着说。

我抱着她沙发上的深红色靠垫，告诉她说，你也一样，不过看起来是在散发着幸福的光泽。你的男伴呢？

他一年前出国了。她低头看着自己手中的杯子，又抬起头微笑。很快就回来，随时可能到家，也许明天吧。

那晚闲谈约两个小时。淡薄而寂寞的人相遇，总是会容易寻找到话题，并彼此慰藉。而交流确实都是纯粹的闲谈，而且更接近于彼此无关的倾诉，有一种旁若无人的自私和温情。

闲谈之时，是两个女子盘腿坐在沙发上，偶尔喝一口橙汁，从生计说到爱情，仿佛很老的朋友。

闲谈之后，可以各自归宿，以坚忍而无懈可击的面貌面对周围。这本都是理所当然的道理。

她并不经常待在西餐厅。但我还是极难见到一个需应付各种场面与人的女子，可以保持自知和明朗的内心。而我判断她的自知与明朗，是早在看见她第一眼的时候。

我出门回家的时候，她站在门口目送我进门，又说，晚安，晚安，我可能得写完这些信才睡。

她是写信的女子。每晚写，写信的时候从不用电脑，一笔一画地用钢笔写在信纸上。

那天清晨突然刮起大风，天色骤变。本和她约好下午去百货公司看鞋子。我窝在被子里，看着二十四层窗子外变脸的天色，用手机拨通了她的电话。她说她也在被子里，看着窗外。我们便呵呵地笑。

我把被子裹紧，生怕一丝风钻进，说，我们下午还去吗？

去，还是不要轻易改变计划。我们打车过去，免去停车的麻烦，那家百货公司旁边还有一家不错的红茶馆。

好吧，中午来我家吧，我有些速冻饺子可以煮着吃，芹菜肉的，我很喜欢。

那十二点见，亲爱的。

挂了电话之后，反复在被窝里面寻求温暖，蜷缩在一起。

吃饭的时候她告诉我，她要搬走了。

我问她一开始不是要住一年吗？她说她自己都不明白一年究竟有多久，从来不明白。我没有说话，转身进了厨房，又把做的水果沙拉端上来，有鲜红的西红柿。

看鞋子的时候仍然是以往的那样。她最终为我挑了一双藏青色的鞋，她自己两手空空，只在出门的时候买了一串枣泥冰糖葫芦，我们一人一口地吃完，并一直顶着大风走到红茶馆。长头发在有大风的时候，是好处明显坏处也明显的。赶紧钻进红茶馆。

很奇怪的是，红茶馆居然是一个外国女子所开。来自英国，未婚，开这间红茶馆并且抽空做翻译赚钱。

她用中文和这家红茶馆老板交谈。作为西餐厅的经理，她能说极为流畅的英语，却从不愿意说。相比较之下，有一些出国数日，回来之后就夹杂着英文，借口是在国外习惯改不回来了的人，是何等可笑。

我们坐在藤编的秋千上，中间的桌上摆着热气腾腾的红茶。外国女子过来，怀抱着一个大的影集，是她自己拍摄的照片。都是细小平凡或者极为绚烂华丽的事物。一页页地翻动，如数家珍。

外国女子对我说，她的西餐厅很棒，我们是好朋友，她常来，你也是她的好朋友吧。

我面对这个可爱而淡泊的外国女子，微笑着说，是的。

外国女子时不时指着一些照片用还算标准的中文向我介绍。最后一张图是一个戴着帽子的年轻男子，是典型的英俊男子，站在草场上，脸被阳光照耀着。

他，是我爱过的男人。可是他死了。过去，他已经死了。外国女子依然平静，可是她的忧伤却没有逃得过我的感觉。他死于车祸。

我一时默然，只好对她说，死亡都是必定的，不必太过悲哀了。我也只能想起这样的话，在这个时候。我想这个外国女子大概为了这个男人，一生孤独，不禁感到敬重与相惜。外国女子倒也很快彻底平静，又略带微笑地说，我给你们尝尝我做的中国式馅饼。转身离开，相册依然摊在那里，那个男人的照片突兀地呈现。

她淡定，又喝了一口红茶。

我说，你是有谜的人，一定是。

她沉默良久，抬起头来，眼神依然清澈而坚强。说，有些事情讲述给别人听未必有任何作用，但是你不同，你对于我来说，仿佛是一面镜子，我可以看到自己的另一面，所以即便是倾诉，我想也是有它的价值所在。

外国女子端来中国式馅饼的时候，她仍在继续她的故事，外国女子和我一起听。我想这个异国人不止一次听过这个故事了。

她离开的时候还是拖着那个巨大旅行包，拿着精致的布艺袋，肩上却没再挎着手提包。家具和设备还是和刚来的时候一样整齐，亦已被她仔细擦净。

她要去上海，另一个深邃而繁华的城市。西餐厅早已转交给别人打理，那里承载不了她的任何东西。

我送她去机场，穿着她给我挑的藏青色鞋。一直和她坐在一起，直到快登机。她说，亲爱的，我会想你。我说，我也会想你，清晨会躲在被子里给你打电话。我们又笑，和毕业分离的高中生一样。

终究是随着人流登机了，我站在这边看着她一直到看不见为止，想起了初遇后告别她目送我回家。

哪里会是她的归宿？

她的男伴三年前于一场空难事故中死亡。那是他出国一年后，归来与她相聚的路上。她不曾忘记一年里彼此手写的纪念般珍藏的信，航班前一天晚上他的明天回家的许诺……精致的布艺袋里装的是她每晚都会写的信，有的很短，有的很长。

坚忍相信，早已模糊了一年时间的长短概念，每晚守候。有所坚信和守候，幸福而温暖的幻觉大厦就愈加趋于真实。

她未曾后悔，亦不顾幻觉的不堪一击。

一年之后的冬天，我收到她的明信片，来自南方的一座城。一贯寂寞而坚忍的笔迹。

她告诉我我要快乐。

她告诉我他明天就会回家。

作者简介
FEIYANG

陈焕文，男，江苏徐州人，英文名 Al Chan，天秤座。坚信读者可以带来默契。坚信自己可以给读者带来默契。崇尚顺应宿命，现实安好。（获第九届新概念作文大赛一等奖，第十届新概念作文大赛一等奖）

萌萌的故事和完美夏天 ◎文/张希希

夏天快要结束的时候，左左在一个傍晚到新学校的教室去，做一些清扫工作。是几间平房，黑瓦灰砖，用白颜色勾出粉线，窗子倒是铝合金的，蒙着深蓝的防雨棚。教室后是一个极大的操场，设施简单，碎煤炭的跑道，中间的足球场植着不平整的一块草皮，稀疏破败，踢球的男生满脸汗水地奋力奔跑，球门是没有球网的两道铁栏杆，但没有人计较。

教室不大，墨绿色的黑板下齐整地排着几行桌子，都是单人式的木桌，黑漆桌面，四方凳，教室后方有一块空地，足够十来个人活动。墙角倚着清洁工具，没有后壁的黑板，后墙开着的是两扇窗，有光线斜斜地投进来，倒也透着几分窗明几净。

左左看见的中年妇人，富态的模样，眉眼却是咄咄逼人的锐气，四十开外的样子，就是班主任了。她麻利地指挥大家做扫除，右手不停地翻弄一叠学生简历表，又张罗着给大家买汽水，是最廉价的七毛钱一瓶的桔汁，充满色素和小苏打的泡沫，左左很专心地喝，脸颊有细细的汗珠，在阳光折射下晶莹剔透。左左一直的任务就是扫地，和新的同学。

左左看着他们忙碌的样子，目光平坦，是要在一起三年的，看上去都是没有心思感情淡漠的人，笑容恹然而不复杂。

萌萌在某一刻推开门走进来，午后最寂静的光线，在那瞬间射伤眼睛，左左望着她，细眉的女子，温存而柔软，"嗨，萌萌。"她轻语，有浅浅的微笑。

关于这个蒙太奇似的镜头，在后来左左的记忆中出现过很多次，反反复复。

左左亦笑起来，看见这个女孩子的心里有和自己一模一样的喜怒哀乐、一样的愁容和一样的欢喜。左左觉得很幸福，感觉在瞬间膨胀，彼此的呼吸，丝丝入扣，相契相吸。

萌萌和左左在很多个早晨挨着肩坐在教室后的大花坛边咬着耳朵，甜蜜蜜两个小姑娘。交换一样喜欢的杂志，花坛边的大树高高的，是冬天也不落叶的松木，很美丽的呢，青郁的，是教人心旷神怡的。

教室的右侧有一丛青竹，也是萌萌和左左留恋的去处。低矮而新鲜，流淌生命的汁液。是江南的最好风光。

经常的，左左拉了萌萌的手穿过校园的小径，穿过密密的树阴，赶到图书馆去。是一幢失去色泽的看来古旧的楼，带一些灰暗与质朴，墙根爬满青藤，萌萌和左左想要的书却都是在里面的，"四书五经"、唐诗宋词，还有旧版本的《飘》，斯嘉丽的面容模糊，颜色暧昧，萌萌的眼睛总是在这些颜色泛黄的纸张面前亮起来，左左你看居然有这个！左左你看居然有那个！萌萌的声音总是欢欣的，然而实在柔弱。

不知是从哪天起，左左居然迷上了跳橡皮筋，那种小小的女孩子才玩的游戏。左左总是在课间从抽屉里拉出长长的皮筋笑嘻嘻地招呼大家来玩。而萌萌对这种游戏的热情几乎是零，实际上萌萌对差不多所有女孩子擅长的游戏都不太明白，对男孩子的，也是这样。

萌萌就是那种有些钝然的孩子。

但是因为跳起来快活轻盈得像只小鹿一样的左左，萌萌还是参与了这游戏。看起来热心地一起蹦蹦跳跳。

后来又是毽子，一下一下地飞在半空里，左左的笑靥如花。萌萌就永远是安静的。

结束这些平凡的琐碎的细节的故事，开始在年级的送实习教师的联欢会上，跳上台来的那个男生笑起来有明澈的颜色，高高的直挺的鼻梁，轮廓清晰。萌萌的心荡了一下，突然就紧紧拽住左左的胳臂，左左，左左，你看！那个男孩子！左左奇怪地看着她，怎么了萌萌？那个男孩子！你有没有觉得他特殊？没有啊，一点都不呢，你到底怎么了萌萌？可是……我觉得，他好特别啊！萌萌紧张地看着她。

那个男孩子，唱的是一首小虎队的老歌《叫你一声 My love》，他的声音很好听，富有磁性的男孩子的漂亮的声音。萌萌一直望着他，眼神迷离，左左愣愣地看着她，萌萌！

几乎是在第二天就得到关于浩明的讯息，知道他是普通的男孩，没有惊人的成绩，亦没有耀目的外表，只是干净而简单。甚至浩明的成绩实在是不可恭维的差劲。

左左无法想明白萌萌般冰雪聪慧的女孩何以对这样的男孩侧目以待。在几天之后当左左在清晨的阳光里看见萌萌手中的一盘小虎队的磁带时，左左更加惊讶地认定萌萌疯掉了。

几天后左左居然从外班同学那里听到传得沸沸扬扬的新闻：萌萌给浩明寄去了一张贺卡，言语暧昧。左左哑然地望着萌萌，眼底是说不清的困惑。

"我本不该知道你是谁，来自何方，去向何处，可是我都知道。"萌萌的语句一直在左左脑海挥之不去，浮浮沉沉。

很长的一段时间里萌萌一直在关注浩明，关注他的过去和现在。年级里几乎传遍这样的新闻，好学生萌萌喜欢上差学生浩明，简单说来，就是这样。

所有的人都在好奇，可是没有人知道原因。

那时大家所能知道的就是浩明有自己喜欢的女孩，是可爱天真的女孩子，笑容单纯而明亮，有很漂亮的眼睛。浩明喜欢她是众所周知的事情。

相形之下，有漂亮成绩的萌萌却没有那般漂亮的容貌。萌萌是看起来很平凡的女生。

再后来，萌萌得到了浩明家的电话号码。在某个周末，萌萌拨通了这个烂熟于心的号码，简单的几句寒暄，之后是良久的沉默和无休止的尴尬，萌萌却为如此亲近地听见他富有磁性的声音而激动不已，反复在左左面前讨论了很多次，左左却只是微笑不语。

班会活动上左左和萌萌被大家要求出一个节目。左左看着萌萌，很出人意料地说道，我们唱小虎队的《爱》好不好？萌萌迟疑了一下，几乎是不假思索地就答应了，她们和谐的声音在教室里响起来，一个纤细，一个活泼。

"把你的心我的心串一串，串一株幸运草，串一个同心结，让所有期待未来的呼唤，跟年轻做个伴。向天空大声地呼唤，说声我爱你，向着流浪的白云，说声我想你，让那天空听得见，让那大海看得见，谁也擦不掉我们许下的诺言。"萌萌是多么想让浩明听见这样的声音，来自心底，左左是明了的。

左左经常给萌萌带来关于浩明的消息：浩明的考试又是倒数第二了，浩明又为那个漂亮的女孩子做值日了，浩明的妈妈生病在家休养了……

所有这些琐碎的细节都被左左一点点地说道，再拼凑成完整的图像，在萌萌的心里潜滋暗长，发芽开花。

故事的最后是浩明突然在一个周末的电话里郑重地对萌萌说道，萌萌，我喜欢你。

这个没有浪漫场景和气氛的细节后来在萌萌心里一直如花绽放，是感觉温暖幸福的瞬间，即使是失去爱情的心意，也是在一生里都美丽无瑕的。

这以后的情节简单而纯粹，两个人继续互通电话，偶尔在左左的掩护下传递书信，并肩在街上心慌意乱地转了一圈，隔着一人多的距离依旧紧张得手心冒汗，是干净透明的恋情，或者只是一场自以为是的游戏。

结尾来得很快，所以仓促，在某个明亮的早晨，萌萌突然叫住刚走进教室的左左，一字一顿地说道，左左，我不喜欢他了。

左左停下来，微笑，为什么？似乎是早已预知的结局。

走得近了，把缺点无限地放大，失去美感，原来还是坐在台下，看他唱歌的那一瞬最美。

后悔吗？

没有啊。

以为是爱情吗？

我想是，虽然年轻，可是我还是愿意相信那是爱情。

那是在夏天快要结束的时候，而故事的开始，是在夏天开始。萌萌和左左，都换上了她们的细格布衬衣，碎花裙子。站在舞台上的浩明，短袖，海蓝长裤。

在结局的时候穿着白色的长袖外套，发疯似的跟在萌萌身后随她走回家的路，穿过大街小巷，几乎半个城区。

他只是尾随，没有言语。

这是一个简单的缺乏情节的故事，有大片的空白，两个女生紧挨着坐在后山操场的水泥楼梯上时，空中是无数涌动的紫色晚霞，金色的光线漏进来的边框，空旷的操场，稀疏的草皮和孤零零的运动器械，在这个快要结束的夏天的傍晚，透露出萧瑟的气息。衰败的前兆。

她们分享关于刚刚发芽的爱情的私密，青涩而美好。

也许缺乏耐心与我共同分享这个单薄的故事，只是想给你看见它背后的感情，这是一个没有情节的颜色暗淡的故事，但是这是一个真实的故事。

　　我叫左左。

作者简介
FEIYANG

　　　　张希希，非典型的摩羯女。喜欢读书，喜欢绘画。相信在成长的过程里，任何璀璨都只是一笔带过。喜欢清澈的电影，喜欢可以分享的文字。喜静，亦喜动。（获第八届新概念作文大赛二等奖，第十届新概念作文大赛二等奖）

第 2 章

那时花开

我看了看杯底，歪歪扭扭地刻着一行小字：

送给我最爱的静

杯子 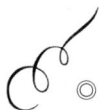 ◎文/杨雨辰

谨以此文献给我最亲爱的奇伦。其实，一直都想对你说一句话："对不起，那次是我不小心打碎了你的杯子。"

—

我第一次去江湛远家的时候就不可遏制地喜欢上了那只杯子。它被江湛远放在书桌最不起眼的角落，可我还是一眼就发现了它。

那只杯子的颜色是和一般的茶杯一样的。棕色，隐隐地有些光亮。杯身却是很优美的弧线。我觉得它像一个裸女，是的，刚出浴的凹凸有致的裸女。我想这可真是一件尤物。

在我盯着杯子愣神的当儿，江湛远已经端来一杯热气腾腾的咖啡，准备递给我。我撇撇嘴，说："我不喜欢喝咖啡，我要喝果汁。"江湛远很无奈地把杯子端走，说："边静你就作吧你。"

江湛远转身到客厅给我倒果汁去了，我小心翼翼地拈起那只杯子，轻轻地摩挲杯身，还用嘴轻轻地碰了碰杯口。我暗暗地下定决心，一定要把这杯子从江湛远这里要过来，无论如何。我向来对自己喜欢的东西执著一念。

这时候江湛远把果汁端上来了，还未等我开口，江湛远便一把抢过我手中的杯子，说："你拿这杯子做什么啊？"我被吓了一跳，怔了怔，然后说："看着好看不能拿来瞧一瞧啊？一只杯子而已嘛。紧张什么啊？"江湛远把杯子重新放回到书架旁边的一个缝隙中，转过身，说："没什么好看的，喝果汁吧。"

我捧着手中肥硕的搪瓷杯子，觉得一点手感也没有。如果把刚才的那只杯子比作婀娜多姿的少女，那么我现在拿的这只就是一个大腹便便的中年谢顶男子，而且还是肚皮上的肉像套了救生圈似的那种。这让我感到分外不爽。然后江湛远就拉着我看他的藏书。而我的眼睛却一刻也没有离开过那只杯子。

"江湛远，那只杯子借给我玩两天吧！"我试探性地问。

"哪只？"我能看出来江湛远是在跟我打马虎眼。

"就是刚刚被你放在书架上的那一只啊！"我指了指那只漂亮的尤物。

"不行。"江湛远回答得斩钉截铁。

"就玩两天啊，行不行？不要这么小气嘛！"我在作最后的挣扎。

"不行。"

我用哀求的眼神看着他。平常我只要一用这样的眼神瞄他，即使我想上天摘星星，他也会想办法给我搭出来一座云梯的。

沉默了良久，江湛远很痛苦地憋出了两个字："不行。"

于是我断定这一定不只是一只造型奇特的杯子，它一定于江湛远有什么特殊的意义。否则，他便不会这么多次地拒绝我。话说回来，倘若他没有这么坚决，我也许不会对这杯子产生这么强烈的觊觎之情的。有些事情就是这样：越是不想给人知道的，越是会引起别人想要窥探的欲望。现在江湛远就是在把我的这种欲望扩散到最大。

但是既然江湛远已经这么坚决，我便不好再说什么了，于是坐了一会儿便悻悻地跟江湛远告别，下了楼去。心想，来日方长嘛，以后有的是机会。

我的脚刚刚踏出江湛远家那幢楼的门，天上就淅淅沥沥地下起了小雨。于是我又不得不折了回去，找江湛远借雨伞。江湛远踩着椅子在他衣柜的顶端翻雨伞，我的眼睛瞟过那只杯子，一种强烈的占有欲充斥了我身体的每一个细胞。我竟然鬼使神差地偷偷将那只杯子塞到自己的包里！我承认这是极其卑劣的行径，可我当时并未意识到自己究竟在做什么，当我清醒过来，准备将杯子放回原位的时候，江湛远已经跳下椅子，并递给我一把蓝色的折叠雨伞，说："路上小心点啊。"事已至此，我只能迅速将书包的拉链拉好，接过了那把雨伞。

雨下得不大，但天却是异常的阴霾。我的鞋被雨水打湿，袜子紧紧地贴在脚上，很不舒服，心里也是别别扭扭的，像被蒙上了一层什么东西。我开始后悔，我不该把那只杯子带出来的。不知道当江湛远发现杯子不见了的时候，脸上会浮现出怎样的表情，他会不会很着急？他会不会怀疑到我？就这样想着，一不小心踩到了水洼里，泥点溅得满裤腿都是。我抬头看看前面，已经快到家了。

二

回到家以后，我迫不及待地拉开书包的拉链，取出那只我偷来的江湛远的杯子。之前的负罪感和不安统统化为乌有。我把它放在桌子上，很卑鄙地快乐着。

我把热好的果汁倒在杯子里，听着一滴滴果汁与杯壁碰撞的脆响，觉得像是血液在碰撞着吹弹即破的皮肤，那声音悦耳动听。然后我用嘴唇含住杯口，将杯子微微倾斜。大半杯果汁就是以这样的姿势流入嘴中，在温度退却之前到达我的胃。

在这个时候，我的手机突兀地响起，是江湛远。

"喂？"我忐忑不安地按下了接听键以后，努力使自己的声音听上去平稳。

"边静，到家了吗？"

"嗯，到了。"

"哦……"江湛远把这个字拉得很长。

"有事吗？"我恨不得立刻挂掉电话。

"嗯。"江湛远回答。这时候我的心已经提到了嗓子眼。

"什么事啊？"我强作镇定。

"明天记得带雨伞。好像还有雨的。"他说。

"嗯，知道了。"我的心里闪过一丝愧疚。

"那你早点休息吧。我挂了。"

"好的。"

"再见。"

"明天见。"

我按下红色键，挂断了电话，接着立刻关了手机，我害怕他会发现自己的杯子丢了，再打电话过来。我长长地嘘了一口气，擦了擦额头上的虚汗，第一次明白什么是做贼心虚。我把剩下的果汁一股脑儿地喝下，然后端起杯子到水池边，准备好好洗洗。

龙头里面的水沿着呈流线型的杯壁滑下来，砸在水池上，发出啪啪的声音。我一遍一遍地把杯子翻来覆去地洗，我要把它洗得纤尘不染，然后以最完美的角度摆放在我的书桌上，将它当做一件艺术品那样陈列出来。

洗完杯子以后，我本来想倒干净杯子里面的水，可是手突然一滑，那漂亮的杯子便从我手中脱出，直直地砸在地板上，哗的一声，碎掉了。我呆呆地站在原地，半晌都没有反应过来到底发生了什么事情。

我妈听到动静后就从屋子里面跑出来，问我怎么了。我讷讷地说，杯子碎了。她说，杯子碎了就赶紧打扫干净啊！愣什么神呢你。我说哦。然后用扫帚把散了一地的杯子碎片扫到一起，蹲在地上用手抚摸着这些曾经是一个整体的碎片们，开始懊悔。我想，如果我不是固执地想要拥有这只杯子，那么它便不会就这么被我打碎了。更麻烦的是，我不知道该不该对江湛远说我偷拿了他的杯子，该怎么对他说。如果他真的发现自己的杯子没有了，很有可能就会怀疑到我，因为我当时是那么的想要那只杯子。

我望着已经变成一堆碎片的杯子出神。突然，我发现杯底的碎片上仿佛刻有什么字。于是我拿到眼前对着灯光仔细地观察。我看到几个小字：送给我最爱的 J。

J——江湛远姓氏开头的大写字母。

<h2 style="text-align:center">三</h2>

我若有所失地回到屋子。说不清楚自己到底是一种什么样的心情：恼怒？愤懑？怨怼？懊悔？悲伤？几乎是毫无预兆，我的眼泪就直刷刷地流了下来。我不知道自己仅仅是因为打碎了一只喜欢的杯子，或者是因为杯子上的字，还是因为江湛远那么紧张这只杯子。总之，我觉得好像被所有人抛弃了。我开始后悔没有听宋晓的话，她早就对我说过，江湛远是个很念旧的人，他是忘不了那个叫苏文月的女孩的。

是的。江湛远和苏文月原来是学校公认的一对金童玉女。包括我在内的任何一个人都理所应当地认为江湛远以后一定会和苏文月携手踏进婚姻的殿堂。可是就在三个月前，苏文月突然就失去了音讯。他们都说苏文月和校长的儿子一起去了外国，事情似乎就是这样的。但是江湛远在学校却像什么事情都没有发生一样，形单影只地出现在每个他曾经和苏文月一起出现的地方。只有我知道，他很固执地站在苏文月家楼下，等到快要上课的时候，再急匆匆地拖着书包往学校的方向跑去。因为我就住在苏文月的隔壁楼。

天知道我们是怎么走在一起的。本来八竿子都打不到的两个人，突然就形影不离了，这真是一件令人感到奇怪的事情，连我自己都很是纳闷。也许是因为他每次在苏文月家楼下作徒劳的等待时，我总会与他擦肩而过吧。毕竟这样"爱屋及乌"事情的发生不是偶然，爱上一幢房子，就会连这幢房子上的乌鸦都会喜欢，更何况我还是一个大活人。照这个推理，江湛远爱着的是苏文月，所以他应该对跟她住隔壁楼的我没有坏印象。

起初我们两个人是互不理睬的，后来我在经过他身边的时候会告诉他，现在已经七点十分了，再不走就会迟到的。再后来，我们就一起去上学，这让我产生了一种错觉，我觉得他是来这里等我的。而事情后来真的就成了这样。

所以当江湛远跟我说"边静，我们在一起吧"的时候，我几乎没有经过大脑的思考，脑袋就那么点了两下。

我把这件事情告诉宋晓以后，她就用她长长的手指戳我脑门，问了我一连串的问题："边静你不是吃错药了吧？我拜托你想想清楚，他江湛远原来和苏文月是什么关系好不好？你觉得你有信心能让自己取代苏文月在江湛远心中的地位吗？"我说顺其自然吧，是我的总不会跑掉的。宋晓无奈地摇摇头，说："孺子不可教也。"

但是我现在是真的开始担心宋晓说的那些话了。

四

早上天阴阴的，可并没有下雨，但我还是拿了一把雨伞。江湛远把他未雨绸缪的习惯传染给了我。我一直认为有些习惯是与生俱来的，有些习惯是可以更改的，有些习惯是可以传染的。就比如说，也许我现在某些从江湛远身上学到的习惯，很有可能正是苏文月的习惯，它通过江湛远这个媒介，传染到了我身上。虽然这让我感觉很不满，可是事实就是这样的。

自从我和江湛远在一起之后，我便不让他早上再来接我了，一来省得他睹物思人，二来为了掩人耳目。我们院子里的长舌妇分外多，如果被她们看到我和江湛远天天一起上学的话，那么势必会惨遭非议。上次我家楼上的那对夫妻半夜吵架摔东西，第二天就闹得全院子尽人皆知了。我做人向来很低调，所以还是谨慎行事为好。

我一路上都在想那只杯子和苏文月的事情，结果不幸被一辆自行车碾过了脚面，疼得我龇牙咧嘴的。骑自行车的还是个胖子，他一个劲儿地问我"里没四吧"。我说我没事儿啊大哥，您下回说话之前记得把舌头捋直了成吗？所谓的祸不单行大概就是这个意思。我不知道接下来还会遇到什么天灾人祸，反正人倒霉的时候就连放个屁都会砸肿脚后跟的，那么就让暴风雨来得更猛烈些吧。

差一点就迟到了。班主任已经在教室里面了，她看到我拖着雨伞动作很夸张地走进教室，狠狠地白了我一眼。对此我早习以为常，如果某天她不找我的碴，我倒觉得浑身不舒服了。宋晓说我和班主任是注定的命中相克。她说这句话时的表情真跟那种仙风道骨好像在几百年前就已经看破红尘的老僧一样。我打趣她说，宋晓你要是入了尼姑庵，都可以直接晋级住持。宋晓瞥了我一眼，特鄙夷地看着我，说，难道你不知道现在当尼姑也要大学文凭的吗？像你这样高中未毕业的就去出家，会亵渎神灵的。

拿出课本，我装模作样地趴在桌上写写画画，乍一看还以为我在认真学习，其实我的脑袋里乱得像一锅粥。我越来越觉得有些事情还是不知道的好，我宁愿被蒙在鼓里也不愿意去面对不争的事实，这样对我来说是很残忍的事情。可没有人对我残忍，是我自己挖了一个陷阱，然后跳了进去，在坑里面作困兽之斗。我承认苏文月还是给我的心理造成了一定的阴影。我想江湛远一定不会心无芥蒂地完全忘记这一号人物。我觉得很沮丧，我竟然连一个已经退出江湛远生活的人都不如。

旁边的宋晓碰碰我的胳膊肘，说："喂，想什么呢你？"我低头看了看，课本已经被我画得一团糟。我说没什么啊，没睡醒，撒瘾症呢。宋晓把脑袋凑过来，问："是不是又跟你家江湛远闹矛盾了？"我说没啊。

宋晓不依不饶地说："肯定有什么蹊跷，边静你可别瞒我，咱俩几年的交情了，你小样一撅屁股我就知道你想干什么。"我说废话我撅屁股当然是要拉屎了。宋晓一脸严肃地跟我说，你别跟我贫，说说。

于是我把事情的来龙去脉跟宋晓说了一遍。她说，想不到苏文月还倍儿浪漫，居然想到往杯底刻字，我怎么就想不到呢？当宋晓看到我在狠狠瞪她的时候，立刻咳嗽了两声，说："这个，据我分析嘛，那只杯子应该是苏文月送给江湛远的定情信物，现在两个人分开了，江湛远只能拿着它睹物思人了，这说明什么呢？这说明他心里还是忘不了苏文月啊！还是我当初分析得鞭辟入里啊。就是这么回事，你自己好好想想：一个半路杀出来的，当然不如原配了！唉，问世间情为何物？其实就是废物……"还不如不跟宋晓说这事呢，她越是分析，我心里就越没底。我现在的心情就好像在一个挨不到底的游泳池里面游泳，突然发现自己的游泳圈正在漏气，却看不到岸在哪里，这种绝望只有身临其境才能感觉到，像宋晓这种隔岸观火者是无法体会的。

第一节课是数学，我向来对数学没有好感，理所应当地把这种感情迁到了数学老师身上，数学老师也不喜欢我，因为我向来只能考到那些好学生三分之一的分数。平时都是她在上面讲她的课，我在下面看我喜欢的小说，听我的 MP3，井水不犯河水。可是不知道她今天抽什么风，竟然把我叫起来回答问题。我把正在看的小说很大声地倒扣在桌子上，然后梗着脖子说：我不会。数学老师扶了扶眼镜，问："你不会，为什么还不听讲？"我说我听不懂。她又问我："你不听课，怎么就会懂呢？"我说因为我听不懂，所以不听，省得浪费时间。数学老师被我气得声音都发颤了，她指着我说："边静，你给我出去站着！好好想想你的所作所为是不是符合一个学生的身份！"

我站在教室外面，悄悄挪到隔壁班的后门，偷看正在上课的江湛远。他就在我的隔壁班。我看到他托着下巴很认真地听老师讲课，眼睛一刻都没有离开那写满了英文字母的黑板，时不时地扎下头去做笔记，俨然一副好学生的样子，而我竟然在上课的时候被罚站。我突然又觉得我们的距离差开了很远很远，内心荒凉一片。现在我开始思考当初那个和他在一起的决定是不是正确。

下课了。数学老师把我叫到办公室里面就是一顿狠批。当数学老师正在对我谆谆教诲的时候，门被推开了。是江湛远。我们两个班的老师是一样的，他是他们班的数学课代表。我顿时觉得无地自容，恨不能找个地缝钻进去，这辈子再也不出来。他看看我，笑了一下，然后对数学老师说："老师，作业已经收齐了。"数学老师很和蔼地朝他微笑，说："好了你回去吧。"等江湛远关上门以后，数学老师就跟电视上演的变脸似的，立马就换了一个表情，她说："你看看人家江湛远，人家为什么学得那么好？是他天生就会这些吗？不是！他每次上课的时候都认真听老师讲课，下课认真完成老师留的作业，这样还能学不会吗？如果像你一样，今天落下一点，明天落下一点，日积月累，当然就越拉越远了……"

是啊，今天跟他远一点，明天远一点，的确就会越来越远了……

五

趋利避害。这是每个人遇到麻烦时的第一反应。当然我也不例外。于是我在经过了一个晚上的辗转反侧之后开始着手策划一套比较完善的分手计划。这是一件很有难度的事情，本来受害者是我，我还得第一个提出分手事宜，还要做得尽善尽美，既不能让他记恨我，也不能让他再对我抱有幻想，也许，他对我并没有什么所谓的幻想，一切都是我自己的臆测而已。

宋晓说，快刀斩乱麻，长痛不如短痛。但我还是决定在我的生日之后跟他说这件事。毕竟这是我们在一起以后，我过的第一个生日，我可不想自己把自己关在屋子里面，无比悲情地自己唱着《祝我生日快乐》。反正下个星期就我生日了，就让我自私一下吧。

放学的时候，江湛远送我回家。一切还都像一天之前一样，我们沿着马路往回家的方向走。路过冰淇淋店的时候，我像往常一样买了一根冰糕。江湛远说，今天又被叫到办公室了吗？我心里很不爽他用了"又"这个字，好像我是二进宫似的（可事实上我已经三进宫、四进宫都不止了）。我没有理他，只是自顾自地撕着包装纸，故意把塑料包装弄得很响。江湛远笑着摇摇头，伸出手来，想捏我的脸。我突然想是不是以前江湛远也经常这样捏着苏文月的脸蛋，把嘴角弯成很漂亮的弧度呢？然后我一扭头就躲开了。江湛远的手很尴尬地僵在了那里。

一路上我们都没有再说话，气氛沉闷得可以。我大口大口地咬着冰糕，任凭它把我的牙齿冻得生疼。快走到我家院子的时候，江湛远停了下来，嗫嚅着嘴巴，我知道他是想跟我说再见。我回头看了他一眼，然后径自走开了。

六

尽管我很想延长我们在一起的日子，可我的生日还是到了。我作过的决定，便不会轻易地更改，等过了这一天，我们也就该分道扬镳了。我生日这天很晴朗，没有风。是我喜欢的天气。我背上书包，第一次以沉重的心情迎来了我的生日。

宋晓送给我一个小熊的毛绒玩具，我说宋晓你真俗，送这个给我。宋晓说，有的送就不错了，还挑三拣四干什么，以后漫漫长夜孤枕难眠的时候，就抱着它吧，你们互相取暖。除此之外，我还收到了一个存钱罐，一本米兰·昆德拉的《无知》（真不知道送我这本书的这个人是不是在含沙射影地挖苦我），几只发卡和一盒巧克力。这之中却没有江湛远送我的礼物，我估计他八成是忘记了。

就这样，我不咸不淡地在学校过了跟平常一样的一天。这让我多少有点失望。

放学以后我没有看到江湛远，我甚至不知道他今天是不是来了学校。我背起书包，拎着那些礼物，准备回家。天还是那么蓝，人群依然川流不息，和往常毫无二致。我想，这地球少了谁都照样转，我边静少了谁都照样活得轰轰烈烈的。

一路上这么想着，就到了院门口。然后突然就看到了江湛远背着书包站在我家楼下。我心想他是不是今天脑袋进水了。

"边静，生日快乐。"江湛远微笑着递过来一个包装很精美的小盒子。

"你还记得啊。"我差点掩饰不住自己的喜悦。

"当然了。你回家再打开啊。我走了，拜拜。"江湛远把话一连串说完。然后就背着书包跑掉了。看着他离我越来越远，我心里有种说不出的难过。

回到家后，我拆开一层一层的包装，终于打开了那个小盒子。

是一只杯子。造型怪异，而且手感很糙。杯子里面有一张被折了很多次的小纸条，我把它展开来。

　　边静：

　　　　这是我们一起过的第一个你的生日吧，祝你生日快乐。你还记得那天你去我家看到的那只杯子吗？你很喜欢，但是我没有给你。那杯子其实是当年我妈送给我爸的，后来我妈没了，我爸就一直珍藏着，从来不让我动。去年我过生日的时候，我爸才把那只杯子送给我。每次看到那只杯子的时候，我都会想到我妈，真的。所以我舍不得送给你。后来我想了想，既然你那么喜欢，那就送给你当生日礼物吧。却怎么也找不到了。然后我到陶吧做了这个杯子。我听说，杯子的谐音是"辈子"，送一只杯子，就代表能在一起一辈子。虽然它不是很精细，但确实是我用心做的。希望你能喜欢。

我看了看杯底，歪歪扭扭地刻着一行小字：送给我最爱的静。

作者简介
FEIYANG

　　杨雨辰，女，80年代生。（获第九届新概念作文大赛一等奖）

花尸

◎文/项雨甜

早上。路边的杂草和野花都像平日一样茂盛。小贩也一样把摊子摆开来。太阳还是在东边崭露头角。偶尔的自行车擦过凹凸不平的地面。发出咣当声。

我也像平时一样走路。一个人，不听音乐，衣着整齐。

这个早上的光有些暗。风也不像昨日那样干涸。云一片一片的不像花瓣。它们冷着脸，没有灼烧般隐隐的红。

我走在路上，看见一个同学。她在一家我常常去的面馆吃面条。她就坐在路边。我大声地喊她。她看见我。我们寒暄，然后说，再见。

我脑子里空空的。什么也没有想起来。我怎么变成这样了呢。以前我总要抓住一些东西不放。那些都没有实体，所以我抓得很累。

对，我很累了。

那些东西又来了。它们闪烁着微明的光，以一种引诱的姿态从我身边缓缓而过。我忍不住侧身看了它们。熟悉的脸庞，微翕的嘴唇。我听见那里发出的细小但强大的声音。

跟我走。继续。

我捂住耳朵。眼睛不自觉地闭上。但是有杂乱的东西在眼前闪耀。扰得我不得安宁。

你还是忘不掉。

它说。

我看见了像是实物的东西。它们在某一时刻是真实的，并且被我握住。

他坐在我旁边。我趴在桌子上看他。他的侧脸真好看。我离他很近，只需要伸出手去，就可以触到他。但是我没有伸出手，我只把眼睛放在他的脸上。他发现自己脸上多了湿湿的东西，转过脸来看我。他看到了我。我看到他的眼睛里的无限光芒。我的眼睛活跃起来，上下跳跃起即将燃烧的火。他对我笑。这笑容像从管子里充盈起来的气泡，圆满漂亮。还有七彩的光在上面跳起舞来。

我睁开眼睛，路还是一样的路。好像没有变化。它们走了。一切又恢复正常。我继续走。这是从前每天都走的路。天还是苍青色的时候，我和我的自行车一起。我们不说话。我在想我的事情。那些事真实发生，像藤蔓一样缠绕。我的手指被缠绕了。于是我无法伸出手去触摸。我只能看。眼睁睁地。

我想它们还没走。要不我怎么看见了那些东西呢。气泡般的笑容，干净的指甲，灼灼的眼睛。我低声地咒骂说你们快走吧。它们不说话。我被它们带走了。回到了那里。然后它们走了。

我在走廊上。是一栋楼，灯火通明。这是一间教室。许多熟悉的脸聚集在一起。他和我的脸仿佛有不同的色彩。要不我怎么会一下就分辨出来。

我在笑。趴在桌子上，脸微微向右侧。我的右边就是他。没错，我的眼睛难以抑制地粘在他脸上。他在说话。声音太小，我听不见。我站在走廊的窗边，看着自己和他。我看见了他的白色 T 恤，自己的蓝色。我抬头看见在云中迷路的月亮。忽然想起来。我知道这个晚上将要继续的事情。

我在想他们是否看得见我。于是我走到门口，探出头来。他们每个人都在继续着他们的事情。没有人和我的眼睛撞上。我放心下来。

从门口走进去，光明正大地。我走到我和他的身边。我想听我和他在说什么。可是他们却停止了交谈。我的眼睛移动了位置。我和他的眼睛都朝前面看去。我也朝前看。上课了。

我走到教室后面。那些熟悉的脸。他们的眼睛没有在看上面。他们在低声交谈。他们的声音小但是激烈。我坐下来，在后面的空位上。这是谁的位子呢。我想不起来了。我趴下来，看他。他的背影在我的视线之内。多么美好。我有多久没有离他这么近了。

我想我是睡了一觉。教室里忽然喧闹起来。大家散乱地站着。收拾东西。我急急站起，冲到他身边。我看着他。心里面竟然波澜不惊。我为什么这么平静。可是我看了看自己，我看到她心里的波澜起伏。是的。她爱着他。可是我呢。

这个心里有起伏的人没有和她的朋友一起走。她今天没有和她的自行车一起来。他和她一起走。他推着他的自行车。这自行车在隐约的月光下闪烁着细碎的光芒。映在她脸上。我站在他边上，看着他们。我的脑子里开始有莫名声响。它们阻止我听。于是我只能看。我看着自己和他。这是一年前的自己。头发不长，刚到肩膀。用简单的皮筋扎着，穿宽大的长裤。他的头发有些长，可以微微遮住眼睛。白色T恤在深蓝夜色中。他专心听她讲话，并且回应。我感觉到自己的眼眶有些湿润。这是我无法再拥有的。眼前的这个自己正在我定义的幸福中徜徉。

他们走到车站。人迹寥落。路上的车铿锵而过。他在离他一米左右远的地方，坐在自行车上。她站着。

脑子里的声音终于平息下来。我听见了他们的交谈声。

你决定去哪上学了吗？

还没有……我爸妈还没想好。

那你想在哪里上呢？

……

她的沉默让我想起那时的想法。我急切地想要离开。像刚学会飞翔的鸟儿。我一点也不为离开他而难过。

　　如果你去了那儿……

　　他的声音在我的耳际回荡。真高兴。我的眼睛湿得更厉害了。我听了这句话两遍。从我爱的人口中说出。我想伸出手去触摸他的脸，他的眼。可是我只能穿越，无法触摸。而一年前的自己，却一动不动地站着。她不知道。她什么都不知道。她应该好好看看他，好好触摸他。但是她没有。她显出焦急的样子。哦，我忘记了她是在等车。

　　怎么车还不来……她小声嘀咕。

　　我多希望这车不要来。他看着她。

　　我听见这句话。她也听见。可是她没有理会。我看见他眼里的光芒。温暖明亮。多么好。就照耀在从前的我身上。

　　车一路光辉地来了。她转身对他说，Bye。

　　他点点头。她上车，他掉转车身，骑上去。我站在那里，有追随其后的念头，却没有动。我一动不动。我的眼睛干了。心里起伏起来。像泛滥的河水一样。我看见这起伏的波纹上映着的，不是他的身影，而是旧日的我和他的身影。还有天上迷了路的月亮。空旷的街道。

　　我想我已经不爱了。只是在怀念。

　　眼前的光亮起来。我又回到这里。现在是一个早上。我走在熟悉的路上。路边的野花很茂盛。我想采摘。俯身下去，怎么一簇一簇的上面许多枯萎的花。它们没有凋谢，还在枝头停留。它们心里也在无限留恋吗？我没有办法避开它们。我摘的花束里刺眼地点缀着它们死去的躯体。它们不漂亮了。但是为什么还不离开。

　　我的感情也没有光辉了，为什么我还在继续。

　　他的脸模糊不清。我只记得许多的细节。还有一些眼神。一些动作。是断断续续的点，无法连接。气味晕在我四周。它开始迷惑我。它告诉我那些多么美好。你不能离开。不能。我看了手中的花。可是它们也没有离开，却这样丑陋。它们应该离开。

我继续向前走。有一家网吧的门开得很大。我走进去。打开QQ点他的头像。看到他的网名，我起的网名。手触摸到键盘的时候那么迟疑。我看见我的手停留在键盘上方，犹疑不决。被灰尘挡住了。可是我还是敲击了它。用力地。白色的界面上多出来的简短的话：我们分手吧。

我犹豫着。看着微蓝的"发送"，在鼠标下跃跃的样子。

点了它。

是的。我点了。

这句话消失了。它跑到了他那里。这句简单的话能够让我们再也没有关联。真好。可是马上我竟开始希望他不要看见。现在还可以挽留。后悔还来得及。他的密码就是我的生日。我可以打开他的QQ，然后阅读掉自己发的讯息。这样就一切都没有发生。还是从前的样子。

不。我不要这样的感情了。它已经死了。不再光鲜，不再芬芳。我的心里已经没有一丝波澜了。我看到自己心里面的不甘。原来我在索求。可是我什么也要不到。我计较得失。我心里盘算着他没有给我打过电话，没有给我写过几封信，说过的话不算数……我怎么想了这么多呢真是可耻。这说明我不爱了。以前我只希望每天看到他。现在我无法每天看到，于是想了这么多的要求。可惜他没能满足我。我总是任性的。我想了许久才作的决定。哦，我不要开他的QQ去撤销我的决定。

于是我起身走了。我闭上眼睛不想刚才打的字。我忍不住地想，要是他看不见多好。

我握着这束不漂亮的野花，回家。把它们插入清水。我看着它们。它们也看着我。尸体肆意立在枝头。我眼中有怒火。我取出它们，把死去了的花朵拔下。我仿佛看到它们已经凝固了的鲜血忽然爆发。迸在我的手上。可是它们已经死了怎么会有鲜血。

下午我在路边等车。他旧日的脸又出现在眼前。我想他一定还没有看到那句话吧。我拨了他的号码。有车从身边大鸣而过。我听不清楚接电话的声音是不是他。我说我是……他打断我，说，我今天去上网了。

我不敢说话了。他已经看到了那句话。我决绝转身的话。

他说，到底怎么回事。

我的沉默是不自觉的。我哑了。我无法对他诉说这些细碎的原因。说因为没有电话因为没有信因为早上摘的花朵吗。他一定无法理解。

他说你现在在哪里我来找你。我慌张地说你别来。心里小小的希望又偷偷地探头探脑。我说明天你来好吗。他竟然没有应允。他说给我电话。

这时我想起从前的许多次。他也是这样无限婉转地说，我给你打电话。可是我从来没有等到。于是我问，什么时候。

上午。

我回到家。查阅来电显示。那个令我心疼的号码。下面显示着新来电，重复来电。

风趁着罅隙进去了。厉刀一般。咔咔。我听见它割着。割开了大的裂缝。我看见记忆的色泽，有些旧，但是依然可以引诱我。

我不敢看了。但是我闭上眼睛也没有用。它横在心上。滋生出密密麻麻的留恋来。爬虫一般。爬满了心。爬满了身体。它们叫我回头。叫我再拾起那个尸体般的爱情。

不。我不爱了。我不要这样的爱情。我要走，果断地。我转了身就不能再回头。我要离开他。那个爱了很久的人。在冬天会为我暖手的人。眼里有无限光芒的人。给我希望又不去兑现的人。

是的。我该走了。我已经走了。不能被记忆所迷惑。我要像拔去花的尸体一样拔去我自己。即使会和它们一样迸出鲜血。黏稠的猩红的，也要拔去。我知道如果继续，自己的痛会像蚕丝一样细弱并且漫长。会像黑夜一样每天都笼罩。像灰尘一样时刻缭绕。我已经痛了一年了。

我不要再继续。不能再让我的眼睛粘在他脸上。

晚上我睡下。在我宽大的床上。闭上眼睛后他又出现。长的头发搭在若隐若现的眼上。光芒从那里漏出。又照耀在我身上。我像雪一样瘫软下来。我不由自主地靠近他。他一点也没变。对我伸出手来。可是我没有抬手。我只是看着他。我依稀闻到旧日的香气，芬芳甜美。这曾经是多么浓烈美好的感情。我曾多次幻想着永远。可是现在我却把它们丢弃了。我丢弃了我喜欢的东西。它是个宝贝。可是它只在曾经是个宝贝。为什么我会变化。为什么不能坚持。

他的手僵硬起来。我的心也僵硬起来。我闭上眼睛。心里说着再见。再见。

清早起来。怎么天空变成了厚重的白。我还是出门。雨水像针一样刺进水滩，然后有跳跃的泡渐次泛起。路边的野花更加蓬勃。小贩冒雨摆摊。我想我已经离开了。离开的时候怎么心里没有留恋。走的路像昨天一样可是它湿了。湿得一点也不漂亮。肮脏的浑浊的。我想起昨天早上，它还干净明亮。

回到家，洗澡。用简单的皮筋束起头发。电话响了。声音尖锐，像不满的孩子在尖叫。我看到来电显示上他的号码。为什么这次没有骗我。以前许诺的电话到哪里去了。难道直到我离开你才肯施舍温暖。我让它停止叫嚣。我说喂？然后我听到他的声音。他试图挽留并且询问原因。他说你现在能出来吗你什么时候有时间。沉默是耳边呼啸的时间。我想我多久没有听到你的电话了。多久没有看到你的笑容了。他终于想起我了吗。难道他认为我是一只温驯的猫会一直在原地不离开。我说不行不能出来没有时间。我这样果断地拒绝。我把留恋蒙得紧紧的。我挡在它面前想对他说再见。可是为什么我说不出。他说你再想想好吗。这是第二次了。

第二次了。我的神经被电触了。那个下了雪的夜晚怎么清晰呈现。我看见自己笑着在纸上和他告别。没有一丝留恋。他没有挽留。但是我看到他的眼睛,无限光辉散落。我想以后这些光辉就不属于我了。一段时间很快过去。我又折回。我反复了。

不。这次我不能再反复。我已经转身了。我再不要这冗长的痛。

我说好。我想想。让我再想想。

其实决定已经作了对吗。

它们又来了。热烈交谈的声音竟像催眠曲一样让我睡去。我渐渐闭上眼睛。光竟然亮起来。是浊白的天空。一个冬天的十二月。他对我说喜欢。我心里含苞的花朵突然全部绽开,热烈开放。我看见很久以前的自己。笑容弥漫开来,被期望晕开。她注视着自己爱的人,就在身边,真好。她在那一刹那感到幸福。可是仿佛谁都知道幸福短暂。怎么以后的她,越来越少地感到幸福。越来越多的不满积聚。被莫名伤痛牵绊。所有的一切都引着她走向失望。失望就是离开的动力。她还是在笑。她还没有看到今天。我在今天看着她,还没有伤痛,多么羡慕。一切都刚开始。可是现在,已经落幕了。

是我自己拉的幕帘。是的。我鞠躬,微笑。台下寥落的掌声。抬头的时候,我怎么看见了他无限黯淡的眼睛。他的手里捧着我拔去的花的尸体。

作者简介
FEIYANG

项雨甜,女,80年代出生,现居上海。(获第七、八届新概念作文大赛二等奖,第五届新概念作文大赛一等奖)

生命潦草,我在弯腰　◎文/刘玥

　　进大学第一周我的主要任务是问路。丫子是我第一个问路的对象。那是开学前一天,我拖着一大堆行李和我两个跟我一样路痴的近亲在 P 大在我们看来无比巨大的校园里蠕动了好久之后依然找不到传说中的宿舍楼并最终放弃希望决定先找旅馆后,我看到了丫子。我就上前问她旅馆怎么走。她那时正在研究一张地图,抬起头顺便告诉我,出了东门往西走。

　　这就基本奠定了丫子在我脑海中的光辉形象:智商跟个子一样高,并且习惯用脚趾代替大脑工作。直到很多年后,丫子依然没有改掉自己分明是个路痴还非要给人指路的坏习惯。有一次我们向一个老北京问路,他很耐心地给我们指路:"先往东走,再往南走,再往东走,再往北走。"我们都听得很震撼。丫子也深受震撼,决定提高自己为人民指路的能力,表示要向这个老北京学习。不久一个小妹妹向我们问路,丫子于是很耐心地为她指路:先往东走,再往南走,再往西走,再往北走……

　　当然那是后话。前话就是,我惊讶地发现我跟丫子居然同被分在 514 寝室里。用丁子的话说,是被分在514 宿舍。这里涉及一个南北方语言习惯差异的问题。我们南方人习惯把寝室叫寝室,而北方人喜欢管它叫宿舍，就像他们喜欢把我们叫"拖把"的东西叫成"墩布"一样。我们寝室的四个人就寝室宿舍拖把墩布展开了一系列严肃而激烈的讨论，最后决定入乡随俗，认真学习京腔，其中包括训练自己说话时每个字后面都带个"儿"字。

很快我们就发现这只是个天真美好的愿望。天不遂人愿，我们寝室根本没有学习京腔的环境，四个人倒有三个是南方的，常有的情况是，丫子在讲闽方言，片子用湘方言回答，我用吴方言插嘴，丁子用纯正的普通话表示抗议。因此，入京多年后，我们依然保持着各自的优良传统，为传承我国方言文化贡献自己应尽的力量。

在绰号的问题上，我们也展开过激烈的讨论。我曾对"×子"的取名方式表示强烈不满（至于原因，看一下本文作者的大名你就会明白）。无奈其他三个丫头都对"×子"表示相当满意，理由不一而足：亲切，好玩，好记，与孔子同名……

我承认我说话没什么逻辑，而且没有时空概念。但是你很快就会发现这其实是中文系的一个优良传统。入校不久，在我们仍处在迷路阶段（不管是物理上的还是心理上的）的时候，系里一位名叫纯良并且（自称）心地纯良的师兄语重心长地教导我们：千万不要相信师兄的话。我们当时听了觉得特别对，忙不迭地点头。然后纯良师兄又补充道，要记住，防火防盗防师兄。我们有如醍醐灌顶，眨巴着天真无邪的大眼睛，一脸虔诚地望着他继续点头。接着纯良师兄进一步明确地说，就是叫你们不要谈恋爱。丫子就问他为什么，他回答说，因为我大一也谈过，有着惨痛的经历，希望你们不要重蹈覆辙。我们很诚恳地表示一定要听师兄的话。纯良显得很欣慰，便又说，也不要买电脑，电脑会使年轻人堕落。他瞅了丫子一眼，说，看你长得就像买电脑的。

开学后的第一个月我们就在纯良师兄缺乏逻辑充满悖论的教诲里跌打滚爬。有一阵子我甚至开始怀疑是不是学中文的人全都这么没逻辑。比如说给我们讲古代汉语的那位老教授，一整节课都在向我们灌输"文字起源于头发"。我越想越觉得 P 大中文系了不起，研究成果都那么惊世骇俗，简直是后现代主义啊（这是 P 大另一句流行语）。闹了半天我才明白他说的不是头发，是图画——让我深深体会到推广普通话的必要性。比古汉老师更绝的是我选的西方贼学课。每个周三晚上我要上整整两个小时的贼学课。那老师也不知道是哪国口音，读"贼学"读得特溜。贼学是什么。贼学的概念。贼学就是洞察人生。贼学家是爱智的人。形而上学是贼学的重要部分。金庸小说里的欧阳锋，就是一个形而上学家，是一个彻底的贼学家，因为他总是在自问"我是谁"……

时间久了我就发现，没逻辑也不光是中文系的专利。教史纲的老师那天不知道出于什么动机，跟我们开始扯，说长寿的一大秘诀是坐牢。然后他列举一串数字，结论是坐牢有益长寿。我们全震惊了。

时间更久了我又发现，没逻辑不光是 P 大的专利，搞不好北京人全都这样。程老师给我们讲他参加北京台的一个节目摄制，打算讲杜甫的《茅屋为秋风所破歌》。结果编导过了一阵子打电话来说，程老师，您还是换个题目吧，领导说不行。理由叫人喷饭——住房问题太敏感。

中文系被列为 P 大四大疗养院之一。相对于有疯人院之称的数院物院而言，据说日子过得还是挺滋润的。但是我却发现两门专业课已经够折磨人了，完全打碎了一个文学青年的美好梦想。古代汉语要求作业写繁体字，指定要读的书也全是繁体的古文。第一周，丁子把课本读完以后，给人发的短信已经变成这副模样："见信如晤。睽别日久，未敢汝忘。念生辰近。汝之去吾也远，无以为祝，厚币以谢。"一个月后，丁子把《论语译注》也读完了，她的短信已经变成这样：

"候。馆外。巳，课。理教。占位。"

繁体字也就罢了，现代汉语课开始学语音学后，我真有撞墙的冲动。每次说话开口前会条件反射地在想我是要发舌面前低不圆唇元音还是舌面前不送气清塞擦音，等我确定我要发的是舌尖送气清塞音，我已经忘了自己想说什么。还有一门必修的文科计算机，我们后来才知道，我们选的那位老师号称文计女魔头，向以出偏题怪题著称，能把人活活考死。

更叫人抓狂的是体育课。不知道是哪个欠扁的领导心血来潮，于是 P 大新开了中华毽课。不知道是哪个欠扁的丫头提出要选这个鬼里鬼气的毽子课，于是另两个丫头都跟着选了。不知道是哪根欠扁的神经发的冲动，于是居然连我也选了。我从小到大都没踢过毽子。别说踢毽子，我的脚从小到大除了走和跑压根就没用来做过别的事。竟然在大学里学踢毽子，传到我妈耳朵里她准会笑疯掉。盘踢、磕踢、蹦踢、拐踢、内接外接，我还没会前一个技巧，老师又开始教新的了。于是我美好的双休日都泡在踢该死的毽子上了。幸好毽子身上长满了乱七八糟五颜六色的鸡毛，否则我准能把它活活咬死。

简单总结一下。自从上了现汉课，不会说话了。自从上了古汉课，不会写字了。自从上了贼学课，不会想事儿了。自从上了体育课，不会走路了。自从上了 P 大，不是人了……

在 P 大的熏陶下，我们寝室四个都开始有些疯癫起来。某天丁子忽然从睡梦中惊醒，宣布她的一个重大创见：她提出一为中国足球队带来光明前景的战术——十人合围一球，缓移至球门，拥而入。我一边狂笑一边想给自己冲一杯奶粉，但是倒入开水后我发现有点不对劲儿，本来应该是纯白的开水居然起了泡泡——天，我把洗衣粉错当奶粉倒进杯子了。

除了课业，剩下的是大把大把的空闲。一开始我还下定决心好好学习文化知识，于是去蹭课。我挑了节印度佛学课拉着丁子去旁听，那门课听课学生不多——第一排坐着几个尼姑，第二排坐着几个和尚，第三排坐着两个黑人，第四排坐着两个傻帽我跟丁子。

打那以后我再也没去蹭课。于是决定加社团。P 大有两百多个社团，社团招新号称百团大战。我们站在三角地，被一堆一堆的社团展板迷得眼花缭乱。三角地其实就是个三角形的花坛，立着几个海报栏，一层叠一层贴满了广告，GRE 托福家教二手车租房……海报栏下面是密匝匝的社团展板，里一圈外一圈足有百来块。另一边是社团招新的人，拿着大喇叭又唱又跳，像耍猴的到山上招野猴子。当我们在迷茫中彷徨时，纯良像一座灯塔出现在我们的视野中。我们问他该加什么。他说那得看你们喜欢什么。我们说不知道。他说，那好，你们就加我的一个社吧。

我们就屁颠屁颠地跟着纯良加入了脱光协会——别误会，P 大脱离光棍协会，简称脱光协会，缩写脱协。在聆听纯良"不要谈恋爱"教诲的一个月又零一天后，我们正式地成了脱协光荣的一员，并将脱光视为己任。但很快我们就发现，这个脱协，除了在群里灌水、八卦、张贴中国十大光棍院校，基本什么也不干。距今为止它唯一做过的一件事，就是在光棍节下发了一份文件：

致所有脱协成员：

首先，光棍节快乐！

我们正处于结婚时代的初级阶段，经过二十几年的努力，虽然取得了结识众多异性的巨大成就，但是人口众多，人均资源相对短缺，局部个人发展很不平衡。

现阶段的主要矛盾，是日益增长的爱我的人我不爱，我爱的人不爱我之间的矛盾。情敌竞争已经不是初级阶段的主要矛盾，但是它在一定范围内还将长期存在，并且在一定条件下还可能激化。

自由恋爱已经在中国大地上扎根并初步显示它的优越性，但其不成熟，不完善的环节，还必须通过深化思想改革来逐步解决。

恋爱是结婚的初级阶段，而我们又正处于恋爱的初级阶段。全会要统一思想，统一认识，把下一步的工作重心转移到家庭建设上。下一个四年对我们来说是关键的四年，好男好女已越来越少，若我们不抓住年轻的尾巴，错过末班车，以后的美好生活将无从谈起。当然，已经胜利的同志们是光辉的榜样！全会同志必须认真学习!!

我们——当然除了丁子自己——一致认为丁子肯定是最先脱光的。她身边的号称"同学"的可疑人物太多了。首先就是普通话。倒不是那个男生操着一口标准普通话，而是某天丁子在某教室看《现代汉语》的时候巧遇那男生。他走过来低头一看，说："呀，你们还学普通话呀！"于是普通话这个名字就叫开了。二号可疑人物名叫旁座男。顾名思义，旁座男正是丁子高中时的同桌。据我们推断，两人既为同桌，难保不有暧昧关系。三号可疑人物叫松林男，又名包子男。那天我们在松林吃包子，这个人晃荡晃荡过来，冲丁子诡异地一笑，然后晃荡晃荡开。在我们严厉逼供下，丁子终于承认两人乃是旧识。四号可疑人物叫电话男，是丁子高中同学，现正复读，常与丁子长时间通电话。当然因为此人不在作案现场，故嫌疑并不太大。

第二个脱光的——我们（不包括丫子和丁子，丁子之所以不认为丫子是第二个，是因为她认为自己不是第一个，因此丫子是第一个就不是第二个……呃，有点混乱。）一致认为，一定是丫子。这个可疑人物名叫电脑男。

事情是这样的：在聆听纯良"不要买电脑"教诲的一个月又零二天后，丫子终于忍不住拍案而起，说，对不起，同志们，我非买电脑不可了。我们都报以由衷的同情。确实，在P大几乎做什么事都要电脑，论文、课件、通知、交表……丫子一发出买电脑的号召后，立刻得到众人的响应。514通过一项集体决议，那就是团购电脑。可隔了一会儿丫子支支吾吾地发言说，啊，那个，我有个哥哥这周末带我去看笔记本，所以我就不参加团购了。我们一脸狐疑地观察丫子，看得她直发虚。她作了一番无力的辩解，但还是受到我们的质疑。丫子所谓的"哥哥"，正是传说中的电脑男。

不久后我们便抱了各自的笔记本来。事实证明，纯良的教诲确实是真理。自从四台笔记本进入 514，上网占据了我们大部分的空闲时间。大约混混沌沌没日没夜地上了几天网，忽然发现学期已经过了一半。我做了些什么呢。参加了几个古里古怪的社团，看了几部没头没尾的电影，认识了几个不三不四的闲人，说了几句不痛不痒的废话，花了几块不明不白的冤钱。没头没脑地忙了些日子，文学社，辩论队，学生会，还有一个缩写 SICA，我管它叫西瓜的啥啥学生交流协会。没过多久，系里又开始组织一个啥啥一二九合唱。一帮中文系新生黑压压地站在五院二楼会议室里，哇哇哇地练声。那位组织合唱的学姐嫌我们声音不够响，没放开来，要求我们全都弯腰九十度，对着地板练嗓子，据说这样可以扩大声腔，加大声道共鸣，从而增加音强，以达到洪亮的声音效果。练声时要求发舌面前低圆唇元音以及舌面前高不圆唇元音。我一听语音学术语就犯迷糊，没发声倒先被自己的口水呛着了。

一二九合唱排练的后遗症是，514 不时传出美妙的乐声。有一次丁子吊着嗓子在唱，片子说，我很喜欢你唱京剧呀！丁子狠狠地白了片子一眼，用冷得能结冰的声音说：我在唱歌。我在一边笑得快瘫了。

上 BBS 灌水，聊天聊得手疼，开无聊的会，跑无聊的差，我实在有些腻了。我跟纯良说，想找点有意义的事做。纯良就问我想不想当志愿者。我说行，你觉得什么有意思我就跟着你干什么吧。

然后我就这样莫名其妙地成了 P 大国际文化节的展台志愿者。国际文化节是 P 大自我标榜的国际学生交流盛会，把所有能召集的外国留学生都拉扯进来。文化节那天，每个国家都会有一个展台，由各自留学生布置主持，展台志愿者按他们的要求提供帮助，说白了就是不要钱的帮佣。大多数报名当展台志愿者的人最初都有这样美好的愿望：希望被分配到北美或者西欧的展台去，最差也得是新加坡。但事实上来自西欧北美的留学生少得可怜。留学生最多的是韩国，走在路上都会见到两个韩国人打招呼说声"阿纳塞哟"。据说是因为韩国人都要服兵役，他们跑到中国来留学可以逃掉兵役。我当然也做过能接手韩国或者日本展台的美梦。我收到分配国家的邮件的时候愣了一下。我被分到孟加拉。当时大脑的第一反应是，呃，非洲。然后脑海中就出现了一个脖子上缠着蟒蛇的黑人形象。我打了个哆嗦。纯良敲着我的脑袋说，亏你读文科的呢，给我看地图去。

　　负责孟加拉展台的小组就两个人：极不负责的组长纯良和我。在我终于在喜马拉雅山的南边找到孟加拉国的时候收到纯良的一条短信，说孟加拉的留学生想在周日下午与我们见面。我收起地图，一边在脑海中勾勒了一个完美的黑马王子形象。孟加拉毗邻印度，而印度人是白种人；所以孟加拉人应该也具备白人的特征。我一面遥想一面下意识地抬起头仰望，眼前登时出现了一个年轻英俊的打虎英雄。黝黑的皮肤，闪光的眼睛，高高的个子，高高的鼻梁，骑在威猛的孟加拉虎的背上，迎面向我走来……片子听完我的描述，一脸鄙夷："当心你的黑马王子大得可以给你当爹！"

　　下午我如愿见到了传说中的孟加拉留学生。黝黑的皮肤，反光的眼镜，高高的额头，高高的嘴唇，骑在自行车背上，迎面向我骑了过来……

　　不幸全被片子言中了。看他的年纪，几乎可以肯定是个有家室就算没家室也应该有家室的人。我英俊的黑马王子就这么被现实无情地击垮了。当然我不能把我的失望之情表现出来。本着深刻的国际主义觉悟，我面带微笑地与那个孟加拉人打招呼。

　　我接过他递来的名片，低头开始费力地读上面的英文字母，从貌似他的名字的那几个单词里我勉强认出了类似穆罕默德、伊斯兰之类的单词。他笑了："哦，我信伊斯兰教。我叫马伊努，不过更多人叫我'小马哥'。"然后他开始一大段折磨我的听力的自我介绍，抑扬顿挫的汉语中不时夹几句英语。凡是我以为他在讲英语的时候，他都在讲汉语；等我用汉语的语法去理解他的话的时候，他又已经切换成英语了。在亲爱的组长的帮助下，我大概听明白原来马伊努是孟加拉达卡大学的副教授，在 P 大攻读人口学的博士学位，已经在北京待了两年多。真要命，原来一直被我 YY 的是个教授，真是不要命了我。之后马伊努掏出一本纪念册，给我们看他去年参加国际文化节的照片。照片中的马伊努穿着民族服装，笑容飞扬，简直就是个友谊大使。交谈的时候不断有路过的黑头发或者黄头发女孩冲马伊努打招呼。马伊努笑说："那是我妹妹……我在中国可有很多妹妹哦！"然后看我，看得我满身疙瘩。

我们离开之前马伊努提出来，周五他要去孟加拉大使馆，问我们能不能去。我那个超级不负责的组长挠挠头说，他有课。然后就用半命令半抱歉的眼神看我。

一出马伊努的视线，我就开始跟纯良理论。进京之前我妈就告诫我，千万不能一个人出校门，何况去的是一个大使馆。

"你不是一个人去……放心吧，没事儿。北京的治安好着呢。去吧去吧。我保管你活着回来！"

活着回来……我要少一根毛我就死给你看……得，要死也得拉上个伴儿。于是我找上片子。

"开什么玩笑！如果真是个年轻英俊的孟加拉帅哥我当然还可以考虑考虑，我怎么能把我的美好青春浪费在一个老头身上！"

我对片子的重色轻友表示强烈不满给予严厉谴责。然后我从道义上良心上法律上国际主义精神上对她进行轮番轰炸。最后一招是，我请客。片子同意去了。

周五下午阳光明媚。安全起见，我把学校报警电话设了快捷键。我跟片子在约定的地方等马伊努。但是不久一个皮肤黝黑的青年朝我们走来问："请问是刘小姐吗？"

我吓了一大跳。这是我第一次被人叫小姐。我傻了似的望着他。咦，几天不见，马伊怒怎么进化得那么帅了？黑的皮肤，没错。个子也不高，没错。但是，怎么说呢，我不是故意用褒义词，可是感觉……很舒服。

"喂！"片子咬我耳朵，"好像跟你描述的风格不太一样呀。"

"嗯，是这样。马伊努下午有事来不了，所以我去使馆拿展品。我也是孟加拉的留学生，叫我柯修就行。"他说，很好听的声音。

之后柯修就领着我们出校门打的去大使馆。路上几乎没什么话。他似乎并不爱说话，不像马伊努。马伊努在的时候，他会一直掌握着话题，学术，人口，P大，文化节。他很能说，听的人便听着，不会觉得不自在。可是跟柯修在一起，一直沉默地走着，觉得很尴尬，觉得该说些什么。我忽然有些后悔自己为什么不去查查有关孟加拉的资料，起码不至于无话可说啊。

出租车驶入使馆区的时候，会有出乎意料又理所当然的感觉。我对北京使馆区的印象，还停留在战争年代。戒备森严，没有路人，拒人千里之外的黑色建筑，敞开却不怀好意的大门。但是这条街上，整洁，平和，干净。各式各样的小别墅安静地坐落在树影后面，屋檐温和地反射着阳光。要不是那些按一定角度摆头的警卫，这就是一个普通的居民区。大国小国富国穷国，它们安静地栖居在各自等大的领地，国旗一样地在风中飘扬。柔阳从树叶尖跌落进每个路人的手心。

出租车在一幢蓝白相间的建筑前停了下来。我们跟着柯修进去，门卫甚至没拦住我们要求登记。通过一条窄窄的走道就是不大的会客厅，富丽而典雅，铺着厚厚的地毯，墙上挂着孟加拉女子的肖像，桌上摆着各式各样古怪而精致的饰品。电视似乎在放孟加拉的节目。几个孟加拉人坐在会客室里，用我们听不懂的语言谈笑着。柯修走开了。我们有些忐忑地坐在角落里等着，傻傻地假装看电视。

并不很久，柯修进来找我们。"一秘想与你们见见。"他说。然后领着我们出去。片子一看到那个一秘就在我耳朵里喊帅。发现对方正在走近，忙闪到我后面。我又急又怒，支吾了两句英语，说我们是志愿者，希望他能来参加国际文化节。一秘先生（后来知道他叫菲亚兹·卡兹）很温和地微笑着与我握手，并且说你的英语很好。我简直想找个地缝钻进去。天，这种差事应该让纯良来做。幸好会面很短，我不用想下一句说什么，就可以用上"谢谢"和"再见"了。

我们帮柯修把展品从使馆搬进出租车，便算大功告成。要命的是归程上让人难堪的沉默。

"我希望你们不太介意，我不太会说话……不太会中国话。"像是刻意要打破沉默，柯修有些支吾地说，"你们……有兴趣的话可以看看那卷招贴画。"

我和片子有些笨手笨脚地把招贴画展开。第一幅是孟加拉地图。"Bangladesh"，我轻声念了出来。

柯修笑了一下，然后指着地图上密布的河流："河……孟加拉有太多的河。每到雨季，上游所有洪水都涌向孟加拉……你知道的，洪灾，没完没了……还有风暴……"

第二幅是孟加拉的简介。

"人口……孟加拉有近 1.4 亿的人口。孟加拉是世界上人口密度最高的国家……"柯修自顾自地说，眉头紧锁。

柯修终于不只是沉默了，可我却不知道怎么回答。然后我翻到一张孟加拉虎的海报。

"有名的孟加拉虎！"我说。

"这儿还有一只更大的。"柯修笑，拿过一张黄麻织的有孟加拉虎形象的挂毯，"每个国家都会有一两种象征性的动物。不只是动物，还有人，物，景。当哪里又举行什么国际性的会展了，他们便把那些象征性的东西挂出去，好看的，光艳的，堂皇的。"

那天回程，柯修一直轻柔地断断续续地说着，填补着难堪的沉默。可也许，与其说柯修在向我们介绍孟加拉，不如说是在自语。

跟片子一起告别柯修，我们回头看他。看到一个瘦瘦的背影扛着一大堆东西消失在拐角。低着头，弯着腰，看着路。

文化节当天，纯良极其不负责任地一直到九点才出现。片子说她对柯修印象不错，便屁颠屁颠地跟着我来了，一来就后悔。马伊努果然真把我们当成免费不收钱的帮佣，让我们去给他们搬张桌子。妈呀。展台可是设在百年讲堂广场，要搬一张桌子得跑小半个学校！无奈，我跟片子两个弱女子本着崇高的国际主义精神，跑了半个学校到艺园搬桌子。二楼不行，三楼没有，一直到四楼才找到一张合适的。我跟片子嗬哟嗬哟地把桌子从艺园搬到讲堂门口，小命去了半条。脸皮犹如地壳的纯良居然面不改色心不跳地出现了。

在一番唾沫飞溅后，作为惩罚，我们罚纯良守着展台，然后我跟片子偷偷溜了出去。在新加坡展台上吃了块烤肉，在法国展台上呷了口香槟，在韩国的美食台尝了拌饭，然后又被组织拉去做苦力了。谁叫我们穿着志愿者的衣服，人群中一眼就被人揪出来呢，没办法，只得耷拉着脑袋乖乖跟着负责人去讲堂。幸好没给我们派什么痛苦的活。我们的任务是领着一群看不到路的福娃上台，不算太坏。我领的是妮妮。上台之前闲着没事干，我就一直跟妮妮抢她那个巨大的脑袋，然后往自己头上套。好家伙，脖子都险些崴了，好沉哪。片子乘机给我拍了张照。纯良看了以后说，呃，你戴上福娃简直像葫芦娃。活该被我追着打。

那一天孟加拉展台的孟加拉人挺多，大概整个北京他们的同胞都跑过来凑热闹了。我们又见到一秘先生（片子眼睛都看直了），大使与大使夫人也亲自到场，完全无视那两个辛勤工作的翻译志愿者，用孟加拉话叽里咕噜地跟马伊努和他率领的一大群妹妹聊上老半天。学校的电视台记者扛着摄影机来到我们的展台，马伊努唾沫横飞地拿着话筒讲了老半天，从P大一直讲到十七大。

中午孟加拉有节目。马伊努领着几个裙袂飞扬的孟加拉姑娘风风光光地上场去了。孟加拉展台忽然冷清下来。来来往往参观的人群这才发现一直静静坐在角落里的柯修。广场上那个并不高的舞台早被人围得水泄不通，除了黑压压的人根本什么都看不到，我们当然也就放弃看马伊努唱歌的奢望了。纯良被组织派去做别的事，我跟片子只得傻傻地守着展台站着，除了冲好奇的参观者傻笑，就是冲柯修傻笑。

柯修大概看我们的傻样实在看不下去了，便开始给我们介绍桌上各种各样孟加拉的小玩意儿，在找不到对应的中文翻译的时候，就夹几个孟加拉文的词语。那些布偶，分别代表什么职业。那些服装，分别穿在什么样的场合。那些精巧的小饰品，用的是什么材料。黄麻织就的孟加拉虎挂毯被挂在展台最显眼的位置，就像柯修说的那样，光艳堂皇地挂在外面给人看。

下午，孟加拉展台给参观者手绘。"手绘"这个词，是我自以为是的翻译，原文我记不清楚，反正又是叽里咕噜的孟加拉语。孟加拉的姑娘用一种深青色的软膏在手上绘出各式的花纹图案，等软膏凝固后，花纹可以保留很长一段时间。这似乎是孟加拉的民间艺术。在一幅宣传图片上，一个孟加拉女子整条手臂上绘满了深青的图文，像攀在皓玉上的藤蔓。十多个手镯环在手腕，几乎能听见钏镯轻响。

在孟加拉姑娘们忙着给参观者画手的时候，柯修忽然问我，你想试试吗？我吓了一跳，问，男人也会这个吗？

"哦！"柯修大笑，"这经常是丈夫给妻子画的。"

我登时语塞。这是什么回答呀。

然后我便坐下来。柯修左手轻握住我的右手。忽然有些心悸。在印象里，从来没有被一个男子这样握住手过。柯修轻轻挤出深青色的软膏，一股草药的清气扑鼻而来。手背上忽然有了一丝清凉，柔柔的，痒痒的。周围的世界忽然安静下来。眼前只剩柯修了，只剩他那双闪着光的眼睛，带着笑意看我的手。

柯修起身站起的时候，忽然有种不情愿的感觉。想叫他继续为我画。就像图片上的那个女子，可以一整条手臂都攀满深青的藤蔓。

快结束的时候，柯修拿了个紫色闪着光的手环送给我。他想给我戴上，可是我的手骨太大了，竟然没套进去。柯修换了个橙色的，还是没套上。我接过手环笑说，我自己来吧。低头看手环上的条纹。抬头就看见，柯修把紫色的手环套到片子的手上。镯子在片子雪白的肌肤上闪着光。

　　文化节过去，对它的回忆就像手上深青的印迹，越来越淡，几乎不成形。那个橙色的手镯，因为我奋力想把它套到手腕上，终于光荣地报废了。它真有骨气，宁愿死都不肯被我戴上。我把它的遗体放到小木盒的最深处。放满乱七八糟的小玩意儿的木盒，像一具回忆的棺材，盛放着多少我发霉的记忆。

　　我又回到了那种迷茫地忙碌着忙碌地迷茫着的日子。时间像流水，走的路像流水线，生活过得像流水账。我跟着人流跑，天天流着口水想下一顿吃什么。然后时间就那么一天一天地过去了。我幻想着再去找点志愿者的感觉，便去报名奥运会测试赛的志愿者。笔试完被刷。一起被刷的还有丁子、丫子。我们一起愤愤地骂，这什么世道，免费打工还要考试。什么世道呀这是。纯良回头问我们，怎么，笔试没通过？丫子说，通过才怪呢，我们什么都没准备就去考了。纯良点点头说，嗯，裸考。嗯，其实也没什么，是你们人品不太好。这样吧，师兄请你们腐败去。

　　P大管运气叫人品，管吃饭叫腐败。P大四周的饭馆也特有个性，招牌都是这样打的：革命就是请客吃饭。纯良点了几个菜，看我们还是一副垂头丧气的样子，就鼓励我们说，测试赛志愿者没选上并不意味着奥运会志愿者选不上嘛，有的是机会。见我们还是半死不活的，又说，得了，你们以为当志愿者就很好玩哪？我以前给一个啥啥国际会议当志愿者，知道我的工作是什么不？就是给人指厕所——背五六种语言，就一句话：厕所在那边。

　　大概我们被纯良哄得破涕为笑的时候，教育部的那个啥啥教学评估组就要来了。整个学校气氛骤然紧张。又是大大小小的会议。没完没了的大扫除。禁止迟到禁止旷课禁止上课吃东西开手机玩电脑开小会。三角地被拆了，百团大战的大幅海报与托福GRE卖车卖电脑的广告一起被歼灭，剩下光秃秃的一个花坛，和树上顽固存在的没撕干净的纸屑。具有讽刺意味的是，百年讲堂适时推出了电影《哈利·波特与凤凰社》。我们都一致同意，这是在用魔法部干涉霍格沃茨来表达我们的不满。所不同的是，弗雷德跟乔治骑着扫把飞向自由，而我们拿着扫把打扫垃圾。

　　某天我上完西方贼学课，从电教那龌龊的教室里出来，脑子里塞满了一堆是者之是与不是者之不是的概念，逻辑自己跟自己打架。外面很冷，连树都冷得瑟瑟发抖。路过咖啡厅的时候就进去要了杯热饮。不进不知道，一进吓一跳。我看到了柯修与片子。我立刻很识相地戴上帽子，然后背对着他们螃蟹一样横行着爬了出来，然后像什么事都没发生一样往宿舍走。

　　什么叫像什么事都没发生一样呢。我问自己。根本什么事都没发生嘛。他们不过是坐在一起喝杯咖啡嘛。切，他们就算真成了又关我什么事。我想我不要想，可是我让自己不要想的时候其实我就在想。

　　片子那丫头。嗯。其实也不奇怪。她长得小巧，皮肤白，好看，漂亮，可爱，像一只白白软软的冰淇淋。我呢。

　　我从角落里摸出蒙着灰的镜子。我早上梳头从来不照镜子，简直是女大学生的耻辱。抹掉上面的灰，我看到一个黄脸婆从镜子里恶狠狠地望着我，嘴一咧还露出两颗獠牙，头发潦潦草草横七竖八地立在头上。对，我确实应该对这片处女地略做改造了。于是我抄起一把剪刀，决心美丽从头开始。并不是我对自己剪头发的手艺满怀信心，而是P大理发店太臭名远扬。据说某个员工曾经把顾客剪得满头是血——当然是把自己的手剪了。我剪完刘海很满意地抬起头让丁子看。丁子说，得，你可以去给那个啥啥SICA协会当商标了，整一个西瓜太郎造型嘛。

　　尽管片子自己不承认，她确实成了脱光一号，而且对方还是个老外。我们经常扯到南亚物价便宜小吃鲜美，强烈要求片子给我们拉一车子吃的回来。

　　然后是丫子。她经常跟她那个神秘的电脑男出去逛街，买衣服，买书，买零食。买的次数多了，电脑男的真面目也就被揭露了。原来就是那个几个月前劝告我们不要恋爱然后又带领我们脱光的纯良师兄。

丁子则还处在彷徨阶段，在普通话旁座男松林男之间犹豫不决，路上看到哪个就冲哪个傻笑。而那几个仿佛是密谋好了似的，一整天轮流在我们出现的地方出现，于是丁子一整天一个劲儿地傻笑。

于是，聆听纯良师兄教诲的 N 个月又零 N 天后，该买电脑的买了，该脱光的也都脱光了。我开始明白纯良一开始说的那句不要相信师兄的话的意思了。他把"防火防盗防师兄"的口诀传授给小师妹们，却始终没把下一句"骗吃骗喝骗师妹"告诉我们。果然是心地纯良。

剩下的我没来由地难受。我说你丫难受个啥呀。你又不喜欢柯修又不喜欢纯良又不喜欢这男那男的，你根本就是木头一块，你难受个啥呀。

可就是难受。觉得空空的。

没事。我安慰自己，抬着头从树杈里看天。起码咱很纯洁。

两个背着书包的尼姑匆匆从我身边走过。我愣了一下。上帝，你这是在启示我吗？

某天上网，忽然看到一则新闻，说热带风暴袭击孟加拉。我忽然想起了柯修。好像看见他两手支颐，眉头紧锁，眼神迷离地看着窗外，像是在雾里找一个未来。我下意识地去摸柯修在我的手上留下的印迹。低头一看，发现手背上那些淡青的印痕，那些我一直不忍碰触小心翼翼守着的印痕，不知什么时候，已经消失不见了。

手机一直不停地在响。一条接一条的短信不依不饶地闯进来。我不想看，懒得看，但还是掏了出来。今晚五院二楼一二九合唱排练，请务必准时参加。明天晚上九点十五分在法学楼 2014 教室开实践部例会，勿迟到。明天晚上九点中文系辩论队在五院会议室打队内赛，请准时到场。明天上午的采访任务别忘了，准备一下。请速将申请书提交至本部邮箱。明天上午聚会,请到场。比赛的宣传材料你整理一下，发到我的邮箱。

我猛地关了手机，把它扔在桌上。忽然觉得它分外讨厌。好像又在震动了。好像又在响铃。我退了一步，想离它远些。

纯良说，别让大学四年虚度的最好办法，是知道自己想要什么，知道自己来上大学是为了什么。

有人找工作，有人找爱情，有人找绿卡，有人找荣耀，有人找关系，有人找文凭，有人找金钱。可是我呢。我一直在忙，一直在找，可是到最后我竟然不知道自己找的是什么。从一个场景匆匆忙忙地赶去另一个，从无数张人脸前闪过，在一闪即逝的幻象中穿梭，没完没了地应酬，没完没了地奔忙。像嗡嗡叫着的没头苍蝇，看上去总在忙碌，可天知道它究竟在忙些什么。像万花筒，它转啊转啊转出好多让人目眩神迷的颜色，可是只有它自己知道，它的中心依然是空的。像风，匆匆忙忙地飞驰着呼啸而过，却连影子都没留下。

我觉得我有些难过了。

我告诉自己可以不这样活。你可以安安静静地做你自己的事。无视它们就可以了。假装它们不存在。安安静静地做你自己的事。找你要找的东西。

可是我在找什么呢。找到的被我丢了。找不到的永远找不到。我在找什么呢。我想停下来，可却无助地发现自己做不到。风是想停的吧。可是它停不下来。它停下来的时候，它就消失了。

现实总是现实得叫人崩溃。

然后我记起我好像忘了点什么。

对。晚上的一二九合唱。学姐说过回去要好好练声，早给我忘了。练声。我想着，靠在墙边，弯腰，把头深深地深深地埋下去。他们说，这样可以使声腔扩大。他们说，这样可以让声音传得更远。

那么我的歌声会传得很远吗。远到可以被我想让他听到的人听到吗。

如果我唱，你是会听到的吗。

我"啊"了一声。怯怯的，轻轻的，陌生的声音。很快就被什么淹没了。

起风了。

作者简介
FEIYANG

刘玥，女，笔名流月。1989 年 11 月生于浙江金华。在《萌芽》《读写月报》等发表文章。(获第八届新概念作文大赛二等奖、第九届新概念作文大赛一等奖)

游悲　◎文/萧若薇

我在做着一个旷日持久的梦。梦里面有人在唱着听不见的歌谣，说着读不懂的故事。

小游游！起床啦！

我睁开眼睛。惨白的墙壁上雷诺阿的《红磨坊街的舞会》仍旧在叠置的光影中无声地喧嚣着。眼睫毛突然很沉重，一摸满手温暖的液体。不知道是不是汗。

已经很久没有做这个梦了。为什么突然……

窗外的古怪叫声仍在继续。

我起身，走到窗前，拉开厚重的窗帘。

Hi！小游游！睡醒啦！管寒恶作剧的笑让我很想吐口水。我啐了一口，说你叫丧啊。他说下午经济原理，一起到西阶梯课室去上吧。我想了一会，说行。那你在楼下等着。我穿衣服。

管寒一看我下来，就丢来一根烟。我皱了皱眉，我不是说了我早戒了你也戒了吧。他耸耸肩，叼起烟旁若无人地抽起来。

从宿舍到西阶的路只有百来米。一路上见到的穿拖鞋背心的男生、吊带衫超短裙的女生就都是 H 大的学生。我绷着脸反省着自己怎么会成了这大学的学生，管寒一眼就看透了，说，怎么着还想着 Q 大呢？哪的大学生都一样。不管是名牌还是三流的。

我说哪都跟你一样堕落？

他弹掉烟灰，然后模样很天真地笑起来，堕落是整个社会的趋势，我不过是顺应历史的潮流罢了。

我提提嘴角不置可否。

下午是管寒最反感的老张头的经济原理。我看管寒坐在阶梯课室里如坐针毡浑身发痒的样子，用笔杆敲他座位的扶手提醒，学分学分。他说管它哪，我只要凑够这学期的出席数就够了。说着，他站起来大声说导师我早退。我绷起脸，接受众人各种眼神余光的洗礼。

安妮的《二三事》掉在管寒的座位上，我用两根手指捏起来然后把封面对着老张头举到确定他可以看到的位置，大声叫管寒你的书。

管寒知道老张头最反感安妮的书——老头一向骂她的书是毒草。他窜回来骂了一声妈的，把书从我手上一把夺走。老张头本来对管寒没药救的行为是睁只眼闭只眼的，这会儿又好气又好笑地问，管寒你这会儿是有什么行情？

管寒远远地叫，哪有您的行情好，我请的是例假。背影消失在门外，身后一片呕吐声。老张头把无可奈何的眼神投向我，我也只好耸耸肩。

我跟管寒的孽缘是高中时代就已经开始了的。那时候我还太年轻，一进校门就跟一大帮差不多大的小毛头疯得鸡犬不宁，在原来的高中很是出名。管寒、我还有杨柳是当时中学里的三剑客。高考后我本来想要洗心革面在大学里好好学点东西的，结果在榜单上看到管寒的名字时几乎一口血喷出来，我觉得我装乖小孩的计划还没实行恐怕就要彻底失败了。

宿温作为交流生来的时候，是大一的夏天。

我的名字是宿温。他站在讲台上，笑容稚气得像讲室外面年轻的玉兰树一样。他用手比画着字，我注意到他白衬衫上第二颗纽扣不见了，曾经是 Q 大的学生，后来因为违反校纪而被强制退学。

台下一片嘘声。管寒吹了一声口哨——有个性。导师老张头从口袋里掏出手帕抹着不知是不是因为太热而流出的汗，宿温你跟严亦游一个寝室，他那儿还有空位。说完匆匆地走出讲室。

宿温一脸无辜的表情，我没说什么呀，怎么就走了。几个好动的男生马上就上去勾肩搭背称兄道弟起来。

管寒用嚣张的姿势坐在椅子上，看我笑话似的说，看来这阵子你的生活不会无聊了。

我侧过脸，推推眼镜。南方夏天的阳光很灿烂，我不由得微微眯起眼。

管寒笑了笑，不置可否。

帮宿温从学生处拿行李到宿舍的时候，一路上宿温都在说话。他说他是十二个交流生中最年轻的一个。他说他一点都不喜欢国际金融系。他说他原来是Q大设计学院学生。

听到那名字，我的心一动。随即忍不住冷笑了一下。

难道真跟管寒说的一样，现在Q大的学生也堕落起来了？

打开宿舍门的时候，宿温大叫一声，哇没想到这房子外面这么破旧里面条件还不错嘛。

我说，这是老宿舍本来人就很少。现在这宿舍只有我一个人住。

他四处晃了一遍，说你们这儿连光缆插口都有？

我扫了一下桌面上的手提说那是我自己偷接的。

他走到《红磨房街的舞会》前问，这是你的？

我说是，印象派的。外面的《芭蕾舞女》也是这个作者的。

他问，你学过艺术？

我停了一下，说，只是浅有了解而已。

高一的时候，身体疯长起来。然后为了抢夺学校篮球场地盘的事就屡见不鲜了。

也不知道是谁先出的手，反正我看到杨柳被人赏了一记结实的左勾拳时，就杀红了眼—我那时还是个为兄弟可以两肋插刀的好少年。结果管场的老师跑过来，一米九几的东北大汉三下两下把我们这些小毛头撂地上了。带头的几个人被罚到雨中的标准跑道上跑上五圈。四千米下来，我和杨柳，还有五班那个野孩子都趴地上了，东北老师很满意地说，要打架先把身体素质锻炼好再说。有空再来跑几圈，全民健身利国利民嘛。说完背着手走掉了。

趴在地上的我们三个，相视彼此湿透了的狼狈样，鼻血雨水横流的样子，忍不住大声笑起来。五班的那个野孩子，就是管寒。

很久以后，其实也就是一年后，当我们在机场送杨柳去新西兰的时候，提到那时候的事，还是忍不住笑了。肆无忌惮地笑，大声地笑，直到笑出了纵横的泪水，引得机场里的乘客都奇怪地看着我们。我们始终相信，哥们的友情，就像物体的质量一样，即使到月球上都不会改变。更别说只是新西兰。

那时候我们"三剑客"勾肩搭背纵横校园，打架旷课喝酒抽烟无恶不作横行四处，仿佛要将无知但是丰厚的青春透支一样。但是杨柳一走，也就是我高二那年，虽然架依然打，课偶尔也旷，烟也没戒，却破天荒地突然开始了自我反省。那个时候，除了经常在图书馆泡一整天，我开始对美术产生了兴趣。

最近没有见到管寒，据说是跟 GF 约会去了。高三那年管寒也暗恋了一个女生，搞得轰轰烈烈。这小子也是一不做二不休的人。结果高考管寒本来想跟那女生念同一个大学的，谁知道差了三分落到 H 大这个鸟不拉屎的地方来了。揪心揪肺了好一阵。

现在这个是比管寒高一级大二的一个有"天才少女"之名的女生，名字……好像叫姚桑远。我也在学生会和团委的会议上见过那女孩几次，不知怎么形容，总之那女孩有一种类似洁癖般孤高的气质。听说她的履历也十分不凡——十四岁获得几个国际奥林匹克大奖，高中开发了几个软件项目，让人眼红地被保送上 Q 大，但结果她却选择留在

H 大进行她的研究，还没毕业听说已经有好几个企业在争她。

一句话，那女孩和管寒是两个世界的人。然而我也没问管寒来龙去脉，他也只是自嘲似的说，她就是喜欢我的堕落。现在的大学生，谈恋爱就像吃面包。说完就弹起烟灰，沉默起来。

有一次，我问起宿温，你曾在 Q 大的设计学院读书？

他说，是啊。学建筑设计的还有广告艺术系都在那儿读嘛。

我点点头，对话好像突然没有了继续的意义，我沉默了很久。宿温看着我，突然说，那里的风景很好。独立于 Q 大之中，水蓝色的琉璃瓦，有许多高大的香樟，我每次翘课后都是去那里睡午觉……

他还想再说什么，我站起身想要离开，他突然叫我，严。

我停了一下，但是没有回头。他说，你曾经想要去那里吗？

我点了点头。他说，是因为梦想吗？

我点点头，又摇摇头。与其说是梦想，不如说是约定吧。

生命中，第一个重视的约定。

管寒常说我是个放不下自找麻烦的人。世界上少有你这种单纯认死理的人。他说，既然已成定局，不如顺其自然得过且过的好。至于遗憾，去他妈的吧。我抬起头来看他的脸，然后说，管寒，你的表情如果不那么痛苦的话，这话会更有说服力。他低下头，我轻轻走开。那是在高考放榜后的第三天。

我认识阮紫的时候，是高二一节电脑交流课。那时候杨柳刚走，我沉迷于 CS 血腥的枪杀中。

在那以前阮紫在我的印象中，哦不，应该说根本没留什么印象。唯一见面的机会是美术社每个星期三下午的培训。在学素描的时候，她的画经常被当做范本展览出来。我看着那些银灰色闪闪发亮的细腻的光影，干净而清晰的线条，直觉能画得如此细致的女孩子一定是心思缜密性格文静的。

平时她是所谓尖子生那类的人，数学学得尤其好，深得老师喜欢——用管寒的话说，她就是那一类 "Teacher's pet"。除此以外，没有了下文。

那节课由于座位分配的原因，她坐到了我身边，摆着一副高深的扑克脸——后来她告诉我那叫女生的矜持——我也摆出一副死人的嘴脸。我惊奇地发现她的电脑上有不知哪个孽昏货装的 CS，立刻热血上涌说喂喂，把那个共享出来。

然而阮大小姐纵然数学学得再好，这些实际上的操作实在没辙。她用一种迷惑的眼神看着我，问共享是什么？我于是开始指点她"点那个图标……用右键……对对……属性……"阮大小姐的笨手笨脚让我发狂，我说去去我来，一把握住鼠标—连带着她的手。

我发誓，在那秒前我一点也没有要借机轻薄的意思，我的头脑里充塞着 AK47 把人体抽得血肉横飞的场面。然而当阮紫——脸红晕惊讶地看着我的时候，我才意识到我握住了不可以握的东西——阮大小姐的玉手——随即触电般抽了回来。明显的，这动作让阮大小姐不高兴了。我是指抽回手这动作。

老师在讲台上把枯燥的二进制和十六进制的换算说得口沫横飞的时候，而台下的我正因为持枪冲锋陷阵的英勇而全身肌肉痉挛。旁边的阮紫奇怪地看了我几眼，最后终于忍不住开口说，喂你到底在干吗呢。

我顺口说玩 CS 呢，你要玩吗？

怎么玩？

你先进去再说。

接下来我教她怎么买枪买弹，怎么换枪换子弹，怎么开枪。我惊讶地发现阮大小姐玩这游戏特有天分，冷静敏捷头脑清醒反应迅速，不到一会儿就把大蜡的用法摸得一清二楚。虽然在我这老鸟面前还是太嫩了点，但是我预言这孩子如果好好"培养"，肯定会成为继我之后第二个优秀的狙击手。

于是在那节几十个老师两个班一起进行的电脑交流课上，我跟一个数学特别优秀的模范学生在 CS 的战场上交手。这傻子一个人站在空旷的广场上左顾右盼，也不知道找个地方掩蔽一下，所以经常不知不觉地被我做掉。到后来，我连子弹干脆都不用了，只弄了一把西瓜刀劈死她。

在第 N 次被我做掉的时候，她看着翻倒的布满了血的屏幕，脸终于开始扭曲。她狠狠地盯着我，好像我杀了她全家般。

然而我还不知好死地哼哈笑了一声。她终于忍不住了，一拍鼠标，大叫一声，严亦游！

当我若无其事地从老师办公室出来的时候，阮紫也一脸阴郁跟了出来。被老师请去喝茶对我这种学生来说已经是家常便饭，三天没喝到反倒有点不习惯，但是对于阮紫这种一向习惯表扬赞美的女生来说当然很难接受。然而我也不好对她说"节哀顺变,凡事都有第一次"。一看她的表情，我再这么弄一句她可能会把我的头爆掉。

我正在想是安慰她几句还是现在就拔腿走更有现实意义的时候，她突然幽幽地叫我名字，严亦游。

我顿时有种寒气逼人的感觉，好像看到贞子复活的场面。然而我的确有逃脱不了的责任。我一脸悲壮地说，什么事？尽管说吧。

她用右手食指勾了一勾，我乖乖地跟她进了电脑室。

她示意我打开 CS，我乖乖照做，只是不知道她要干什么。她下了圣旨，站那儿别动。好家伙，一上来就扛了把 AWP。

只见她一步一步逼近，我突然有种刘胡兰英勇就义的感觉，当然阮紫就是那啥。一切就如我所预料的——我来回被她毙了十几次，直到她长舒了一口气，展开一个满足的笑容，行了，放你一条狗命。

我立刻高叫，士可杀不可辱，你把我杀了吧。

她眯起眼，你以为我不敢？给脸不要脸。随即操了把水果刀往我脖子上一抹……

十月份的时候，美术社除了素描以外又增开了油画技巧入门。当然用的不可能是正版的油画颜料和画布，那玩意的价格让我们这些无产阶级咋舌。

较之单纯的素描，我更喜欢用色彩。特别是那些强烈对比的色块，凌乱，浑浊，凝重，有不可忽略的存在感。我想那些颜色似乎在一定程度上能够呈现出我内心的激烈和破碎感。

阮紫站在我身边看了很久，说，你到底在画什么呢。

啊？我转头，没什么意义，就当我是在浪费颜料吧。

她沉思了一会，说，怕不是这样的吧。

我说，即使有什么意义，我也无法用语言表达。

嗯，她点点头，你的画让我想起文森特·梵高。

那个自杀的疯子？

嗯，但是你的画与他有本质上的不同。

我好笑地看着她，想看她说出什么所以然。

你的画没有他的那种纯粹、天真和质朴。反倒有一种……她想了半天，我笑着往画布上添了一笔深红色，那种凝结到死亡般的压抑。她说，反倒有一种无法挽回，呃……无可救赎。说着她摇摇头，不行，老是词不达意，说着就走开了。

我看着她低着头的身影，心想，这女孩的感觉，真的很敏锐。

阮紫即使画彩画也是毫不逊色地充当着典范。她用笔的风格很是柔和与朦胧，色彩的变化很是细腻，很有层次感。光影尤其处理得很好。

她告诉我，这是印象主义画派，光影处理是模仿这画派的雷诺阿的作品。

让我印象尤其深刻的是一幅描绘教堂的画，整个画面充满了温暖而庄严的色调，阳光从教堂高大的彩色玻璃透进来，照耀在正匍匐在圣母像前祈祷的白衣女孩子的身上。

朦胧而幻美，就好像听到那雾气般的赞美歌和那冗长的钟声一样。我这样评价。

　　一次美术社的活动课我们去野外写生。我离开人群独自拨开蒿草来到河边，初夏的色彩是湿润的天蓝、翠绿、鹅黄。三个小时里，我着魔于那些富有层次感的树影和河面上摇曳迤逦的倒影。回程中，阮紫问我画了什么，我把包好的画缘露给她看。她眼前一亮说有奔头。我反问她画了什么，她笑了笑，没说话。

　　后来我们两人的作品被选上去市里参加比赛，同时获了一等奖。展览那天我来到阮紫的画前时，愣住了。

　　初夏柔软流动的色块中，一个仿佛被漂白淡淡的白色身影站在绿色中间，风拨弄着他黑色的头发，一个少年正对着河岸执著地作画。阮紫娟秀的字迹在画沿上：风中的少年。

　　风中的少年。

　　第二天管寒陪我去画展办公室领文件和相关资料的时候，在门口撞上了阮紫。我不由得愣了愣神，管寒吹了一声口哨，对我古怪地挤眉弄眼起来。我用手肘往后一捅捅在他肋骨上，他闷哼了一声。阮紫掩嘴低声笑起来。

　　我说，你也来领文件呀。

　　她很大方地说，是呀，一起进去吧。

　　填资料的时候阮紫把笔递给我，我不小心握住了她的手。可是她的表情很自然，没有第一次脸上的惊讶和生气。我突然想，我们什么时候变成了现在这个模样了呢？我怎么什么也没有发觉呢？

　　那时候我们高三。阮紫、我还有管寒都在一个班。

　　那天刚下课，我拽着管寒还有班上的篮球队员在研究用什么战术对付下午与三班的篮球赛。那个球队有一个该死的名字叫"状元之路"（某本我们在用的辅导书）。我们都十分重视这次的比赛，因为这很可能是高中最后一场的比赛了。只有这时我才似乎又回到两年前的热血青年，讨论的时候拳打脚踢外加出口成"脏"。管寒说我最近跟美术社那帮娘们混得跟小白脸似的，闷骚得让他看了想抽。

阮紫在这时候叫我，严亦游，严亦游。

我头都没回，吵嘛，爷们儿说事儿呢。边儿去。

她就伸手拽我的衣服，几个孱头互看了几眼，心照不宣地挤眉弄眼起来。我只好把衣服一抽，拽什么，衣服都被你拉长了。有事儿待会儿说。

然而我忘了阮紫是那种玩 CS 会拍鼠标的人，不懂权衡轻重一发起狠来当着听课的几十人撕破脸。

当一个紫色的盒子系着赭色的丝带当着全班面递到我面前的时候，我突然意识到问题的严重性。因为今天是那啥啥。

果然全班人都安静下来，看着我们。管寒吹了一声口哨。

我尴尬地提着微笑转过头去，尽量用平常的语气说，你这小丫头片子。然后用手揉揉她的头。

然而她似乎不被迷惑，只是用她那双黑白分明的眼睛看着我，牵了牵左边的唇角说，害怕吗？

激将法一向对我没用，然而我承认那时候对着她那双眼睛，一贯带着嘲讽意味的那双眼睛，似乎不知不觉就接过了那盒子，然后当众打开盒盖，把里面大便色的东西吞了下去。其实就算真是大便我也得吞。

班里随即响起一片口哨掌声和喝彩。后来他们称我们为 03 届毕业生的最后一对。

因为这天是高三第二学期，2 月 14 日。

党委例会过后已经是八点来钟，才想起没吃饭，而且背包恐怕也被锁在多媒体课室里了。我暗骂了一声妈的，窜上黑黝黝的教学楼。

走近拐角的时候，却听到一男一女的说话声，我骇了一跳，脑中闪电般窜过这栋楼曾经有六人跳楼自杀的事实，还好终于分辨出是管寒的声音。正疑惑间，一个冷凝的女声说，四年的时间已经给你，我不认为还有义务给你更多的东西。你搞不清楚你的位置吗？你以为你还有什么资格来向我质问要求呢？这不关爱情的事，拜托你搞清楚，看来我们的价值观相差太多了。

我听得一愣一愣地，急促的脚步声走过来，我还没来得及躲好，就跟姚桑远撞上了。"啊……"她低呼一声，手中的文件夹掉了下来，纸张散落一地。我蹲下去帮她捡起来，她勉强笑了一下，谢谢，随即与我擦肩而过。那一瞬间我的的确确看到黑暗中她眼里一闪而过的泪光。她走远了，我还站在原地，想，这果然是个冷静克制的女孩。

我走进灯没开的多媒体课室，借着窗外的光一眼就看见一只脚踏在桌子上瘫坐着抽烟的管寒。红色的火光明明灭灭映照着他面无表情的脸。我走过去拉开椅子坐在他对面，说，她哭了。

他沉默了会儿说："哦。"

我说："有时候现实是会让人屈服的，尽管你们彼此相爱……"

他打断我："放屁，恋爱只有爱与不爱。"

我愣了愣，然后笑了一下。

曾经，我说的是曾经，也有人对我说过同样的一句话。

恋爱，只有爱与不爱。

我们开始各自在回忆中沉沦。良久，他对我说，最近有你爸你妈的消息吗？

我不由得收紧嘴角。过了一会儿，才说，没有。

是吗？

我说，你累了。我也是。我们都各自回去休息吧。睡一觉一切就会好了。

阮紫转过头把一本笔记本递过来，说，今天的笔记。

我看着那些详细的注解和娟秀的字迹，有点愧疚地说，老是麻烦你。

她把头往后仰，倒着看我微笑地说，谁叫你老不认真呢。她伸手揪住我的耳朵说，孩子，该长大啦。

我笑说，是啦，奶奶。

她皱皱鼻子，看我抄笔记。忽然她问，亦游，你有想考哪所大学吗？

说起来惭愧，我这人的生活哲学说好听点是车到山前必有路，说难听点就是得过且过坐吃等死。所以即使到了高三，志愿表都快发了我还什么都没考虑。我只好摸摸鼻子反问，你想考哪里？

Q 大，别告诉我你没听过。

怎么可能，鬼都知道那里的分数高得可以拿来上吊。

她有点生气，皱眉说别说这种丧气话。

我说，你考是绝对有希望，而我嘛……然后就笑不说话。

她高深莫测地笑，晃了晃右手食指，听过 Q 大设计学院吗？

怎么？

今年 Q 大设计院给我们学校几个名额，只要你有一定素描绘画基础，美术方面有专业培训过，而文化素质考核只要达到标准分 600 分，就可以考上。她突然向前倾，知道标准分 600 分是什么概念吧？

我愣了愣，真的不高。

她自信地笑了笑，所以我知道你一定可以。她握住我的手说，你愿意和我一起到 Q 大吗？你会去吧？

在此之前我是个没有目标的人。可是那一刻，我看着阮紫眼中期待的目光，居然有一种想要奋斗的激情。因为，我想要跟紫在一起。那一刻，我很庄严地点了点头。

阮紫脸贴着我的手，突然很疲惫地说，亦游我好累。他们都在说我。可是我相信恋爱这回事，只有爱与不爱。你告诉我，冬天过去了，很快就是我们的夏天了吧？

她细碎的头发荡在我手上，我伸出手去摸着她的脸，对她说，我相信，现在我碰到的，就是幸福了。

她微笑着闭上眼睛，是啊是啊。一切都会好的。只要熬过这个六月。

这个恼人的六月。

我接起电话，喂？

迟迟疑疑地，那边才传来一个陌生的声音，是……小游吗？

我抿紧嘴唇，很久才憋出一声，妈。

那边传来了女人的啜泣声，她说小游你快回来，你爸旧病复发进了医院。医生说情况不太乐观。

我固执地沉默着，那边也神经质地等待着。过了很久，才轻轻说，妈，你还老是庇护着他吗？

小……游……母亲的哭泣似乎山洪暴发再次泄溢出听筒。

我不由得烦躁起来，够了。够了。我会考虑一下的。说完挂了电话。

宿温擦着湿头发光脚走进来，你母亲的电话？

我闷不吭声。

家里发生了什么事吗？

……没。我低声说，只是说我爸进医院了而已。

宿温愣了愣，这是什么意思？

听不懂吗？我爸快死了。

我是说那个"只是"是什么意思？

我笑了笑，"只是"就是不过是的意思。

就这么无动于衷吗？

你要我说什么呢？你要我做什么呢？是的，我都已经逃避了那么久。曾经管寒问我是不是因为那件事才恨的他。我说我们注定有一天会决裂，注定的。

他问为什么。

我说，因为我们太相像。

有一段时间，我经常遍体鳞伤地回到学校。阮紫责备地问我又跟人打架啦，我说是又怎么样用不着你管。然后她就沉默。我一直没有告诉她，那一段时间我爸生病脾气特别暴躁，拿我跟我妈来出气，所以我才会受伤的。

我对管寒说，我讨厌他总是当着别人的面，指着母亲说我变成这个样子都是母亲教的；我讨厌他总是开口闭口把钱挂在嘴上，老是说是他养的我和母亲，没有他我们都得饿死；我讨厌他总是动手打我和母亲；而我更讨厌母亲每次都恼怒父亲，可是最后总会反过来帮父亲说话。

他们总是这样那样地伤害着我，然后对我说这是爱呀这是爱。

是的，那个约定早就被践踏得连粉末都不曾剩下。

我不知道他们是怎么将阮紫弄到别的学校去的。当我看到她红肿的眼睛消瘦的脸的时候，我感觉到我嘴唇的抽搐。我只好说，阮紫你别担心，你等着。

阮紫无言地用那双空洞隐忍的眼睛看着我，而曾经那是闪耀着无双的光彩的。

我对他说，我要考 Q 大的设计学院。

他一巴掌挥过来，没出息的家伙。画画有个屁用。

我说，那是你的想法！阮紫的事也是，你们别老用你们自己的意志来操纵……

啪！又一巴掌。我瞪着他。

他说，小子，你能耐了是吧？给你钱让你读书谁叫你搞些不三不四的事？还敢跟我顶嘴？

他正在侮辱我跟阮紫之间的感情。我没有说话，只是无比仇恨地瞪着他，我感觉到浑身的颤抖。母亲把我推上楼，哀求地说好了好了别跟他拗。我来跟他说。他高声吼着把气撒在母亲身上，都是你纵容他搞成现在这德行。你看他现在这个样子我养他有什么用？

我听着屋外的破碎声和哭喊声，咬着嘴唇哭了，第一次觉得自己的无力。

我永远不会忘记，母亲憔悴地走进屋子里，我有很多疑惑想问出口，然而，很多事不用问就已经一目了然。她走到我身边蹲下来，抬起头对我说，孩子我已经很累。你让我休息。

孩子我已经很累，你让我休息。

我砰地打开画室的门，剧烈的碰撞使得时光淤积的灰尘，震荡出伤心欲绝的味道。光影暗淡的空间里，它们都在静静等待着，或者蒙着白布，或者斜架着，或者靠在墙角，它们的眼睛里没有愤怒或者悲悯。

阮紫的画不见了。包括那张《风中的少年》。所以一切都不复存在。她已经告别了，所以今天我也来向你们告别。我抚摸着参差的画缘，和画布上每一笔凸起或者凹下。就好像在抚摸着心里的珍宝一样。我颤抖着将它们举起来，然后猛地砸到地上。我一直闭着眼，直到感觉到它们已经惨不忍睹。辛辣的灰尘腾起来，呛得我流了泪。

我操起画架往地上一掼，彻底崩溃的声音。我听见一个声音在述说着自己扭曲的疼痛："是的，你们明知道没有了它们我这双手就没有了任何价值！一双不会画画的手对于我来说没有任何价值，我读什么都无所谓，都没有意义！你们明知道还一定要我放弃，是以为无论什么伤害我都可以复原是吗？"

即使，没有灵魂也无所谓吗？

我抚摸着破碎的伤痕，然后说，是的，你们不必原谅我。像我这种人，像我这种人……

那天，我对宿温说，我讨厌照镜子。因为每次看到镜子里的那张脸都会想起我继承了他血脉的那个人。我的母亲告诉我不论长相还是脾气，我跟他都像得惊人。不得不承认，我所痛恨的那种暴烈的血性始终是传到我的身上来了，这让我恐惧。总有一天我也会毁了我所爱的人吗？我背负的这种痛苦，是你们无法体会的。

宿温从双杠上跳下来，然后很灿烂地笑了——就跟我第一次见到他时那样，他说，你总是在说如何的痛苦如何的难过，把自己看做一个悲剧的主角一样。你是在被一种激烈的爱所伤害着，可是你有想过从来没有获得爱，宁愿在爱里遍体鳞伤的人吗？现在的你，难道不是在逃避着吗？你说的所重视的那些不是在看着你吗，它们到底，又在哪里呢？

我突然觉得一堵墙壁的倒塌，那些东西终于不可抑制地喷涌出来，同时我觉得我的心似乎被剜走了一块，我一直是如此地相信着啊。我终于哭了。

我说，不，在的，它们都在的。它们都在我心里啊……

我想过了这么久我还是在乎的。要不然我不会听到阮紫的志愿填了 F 大的电子工程系偷偷地哭了一夜；要不然我不会在看到雷诺阿的仿画时就毫不犹豫地掏出三个月的生活费买了下来；要不然我不会在看到美术系学生写生的时候就会觉得被刺痛了眼睛；要不然，我不会在宿温提到 Q 大的设计学院的那天晚上难过得一夜睡不着觉。

如果那个时候我没有放掉，如果……

最后，我还是回去了。

宿温告诉我不要做出有可能让自己后悔的事。他同时也向我解释了为什么他会从 Q 大来到这里。因为答应了他要帮他保守这个秘密，所以我不想再说起那个，会深深伤害他的家庭。但是，我也终于知道，这个世界上痛苦的人远不止我一个。

可是难道因为那是爱，我就必须忍受和原谅那些伤害？

我赶到医院的时候是凌晨四点，看到我，母亲憔悴的脸上放出惊喜的光彩。父亲刚做完手术，还在观察室。隔着玻璃窗，我看到他的衰老。躺在那儿竟然如同一段枯干的树枝。

母亲说，等你爸爸醒来你好好跟他谈谈吧。

我说，恐怕没什么好谈的吧。况且我不相信十几年的宿怨可以一谈就解决。

母亲脸上出现了失望的表情，这使得她苍白的脸更显得愁苦。我想父亲患病以来，脾气更加暴躁，母亲恐怕受了不少苦。

她沉默了一会儿，不再坚持，赶了几小时的车你也累了，先回去休息一会。迟疑了一会，她给我一把钥匙，这是你爸抽屉的钥匙，你愿意的话可以看看那里面的东西。

我打开家门，环视着熟悉的一切，当年的破碎与哭喊还历历在目。我放下行李，走进父亲的房间。墙上三个人微笑的全家福刺痛了我的眼，是的，那时一切还没发生，伤害与被伤害，回忆与追悔，我还是个无忧无虑的少年，父亲仍旧温柔，母亲仍旧年轻甜美。而我的家，还是那个盛满了无数可以实现的美丽梦幻的庭院。

父亲的房间很空荡，除了一张床，一个衣柜，就只有一张书桌。我走到书桌前，用钥匙打开那被秘密锁好的抽屉，一拉开，我愣住了。然后就掉下泪来。

一抽屉里全是我画过的画，用过的画笔。那些脚印与尘土被小心地扫去了，那些被撕碎弄破的地方还被小心地粘好了，被人很精心地爱护着。

母亲告诉我，父亲其实并不反对你画画，他不了解，只是不希望把画画作为你的主业。后来他了解到详细情况后，觉得很后悔。但是你已经去H大了。他把你所有留在学校的画都捡回来，一点一点修好。

"他只是说不出口对不起而已，你难道就不能原谅他吗？"

我走在高中母校里。两年过去了，新教学楼已经修好了。可惜那个时候无福消受。操场边种上许多浓绿的树，树下坐着许多学生。也可以看到有一对一对写着作业看着球说着话的。我不由得笑了笑，才意识到，一切已经过去两年了。

我回到老教学楼的资料室，阮紫和我获得市一等奖的奖状还并排贴在墙上。我抚摸着奖状上阮紫的名字，真的觉得好美，好美。就像她所有的画一样。我翻出毕业照，照片上我和阮紫一前一后，她的微笑幸福得有点模糊，我这才想起我已经很难清晰地记起她的脸了。

不知道学弟中还有没有人像我一样是通过打CS认识女生的，这种方式也可算是破纪录了吧？我看着自己的手，恍惚地微笑着，那个时候起，我就邂逅了绵延一生的幸福。

只是我没有握住。

与管寒、杨柳打架混混肆无忌惮的少年时代，沉迷于作画牵着阮紫无忧无虑的日子，高三压抑咬牙前进的时光，我曾经因为疼痛而掉下泪来，而逃避与迷惑的是现在，这些是我人生的前二十年。

我是如此艰难地成长着，然而一路走来我对某些永恒的课题似乎有所领悟，比如梦想，比如未来，比如爱与被爱。

我想幸好还有时光，以及它交付给我的弃置重来的机会。

这一刻，我泪流满面。

作者简介
FEIYANG

萧若薇，女，广东人。在《青年文学》等刊物发表文章。（获第八届新概念作文大赛一等奖）

第 3 章

雕刻时光

说了再见以后，人们还会再相见吗

死亡定时器 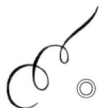 ◎文/金子棋

　　已是三月，腐朽的天气开始复苏，天空的末端涂抹着晶莹的色泽，微红的暖光爬上人们的头顶。每一寸画面都是清新而又淡雅的，可是我的心情却如同跌进汪洋的断尾鱼，跟不上鱼群的带领，在最深的海域迷失自己。

　　我现在想起来，那个下午几乎是一场梦境。被风吹干的，渐渐起皮的，干燥的梦境。在梦里，死亡的光焰灼烧掉我的尾巴。我没有仓皇逃脱，也没有惊慌失措。我像是一具无感无情的行尸走肉，任凭灼热的火舌舔噬我的身体。

　　我听到耳边不断扩展的轰鸣，用同一种频率反复播送着死亡的讣告，他们说：奶奶死了。

　　在我写下这四个字的时候，我的手都是颤抖的。在眼里盘旋已久的泪滴，终于脱力下坠。从此以后，我将会变成世上最孤寂的旅人，我最最亲爱的人在我最需要的时刻离我而去。而我又将成为这世上最世故的孩子，因为我只在她面前暴露天真。

　　我知道这场劫难在所难免，从我出生的那一刻起，死亡就像一只缓慢倒数的定时器挂在每个人的脖子上。只是爱恶作剧的死神总是把承载死亡的器皿制作成精致的形状，有时我们笑笑闹闹的，就忘记了，真的把它当

做一件装饰品。

　　而笑笑闹闹的我，成天烦恼着换发型和买名牌的我，有很多朋友可以结帮拉伙出去胡闹的我，不断祈求上天赐给我一个美少年男朋友的我，浅薄的我，虚荣的我，心里怀着千分感慨和万分惦念却很少感慨和惦念渐渐苍老的奶奶的我，被定时器结束时爆炸般的声响击中心脏。

　　爸爸打来电话的时候我正坐在教室里，不知是在忙活着古文翻译还是化学配平。我从包里翻出拼命振动的手机，轻快地按下接听键，以为接下来爸爸又要说些没营养的话，好比"我忘带钥匙了，你放学早点回来"，或者"我的钱包放在哪了，我找来找去找不到"，再或者"我的蓝色衬衣被你收到哪里去了"？神经大条的爸爸总能找出一千种、一万种理由在我认真上课的时候打偷袭电话。我以为这次也会和平时一样稀松平常，可是这只是我以为罢了。死亡来袭，没有一丝征兆。

　　爸爸在电话里轻微地叹息，他说："你奶奶走了。"我脸上的笑容逐渐松动。我仿佛一个弄不清主谓语的小学生，揣摩了很久也不敢相信这句话所要传达的含义。他说她走了，不是别的，而是走了。那么是走去哪里，为什么要去，她腿脚不方便有没有人陪她去？她比我还怕孤独。她一个人去不会迷路吗？

　　我按掉通话键，手足无措地哭了起来。

　　我向老师请了假。我从这个城市的西面乘坐巴士，再换地铁。整整花了两个小时才抵达奶奶居住的东面，然而奶奶还在东面吗？我抬起头，望向遥不可测的蓝天。

　　奶奶居住的小区里玉兰花已经繁茂盛开。纯白和粉红的花树紧密排列。我用我逐渐退化的视力发现这些美，闻嗅它们的香味。脸上还残留着泪痕的我，却不自觉地微笑起来。

　　我想到奶奶，她和任何一个寻常女子一样，是非常喜欢花的。只是日渐苍老的她，并不希求情人的玫瑰，也不盼望赞美的花朵。她喜欢拉着我的手，在熟悉的街道上走走停停，看到路边盛开的任何一朵小花，她都会高兴。她用软糯的上海话喊我的小名，她说："晶晶，你看呀，你看呀。"然后指给我看不远处一株开到鼎盛的花树。她不善言辞，也不喜多言。她总是说些最为简单的句子，却足以温暖人心。

　　她也是喜欢漂亮的，她爱穿旗袍，那些细腻的绸缎上总是绣满大而明艳的花。我总是笑她俗气，她也不予以反驳，任由我说。她有一条暗绿的袍子，上面用金线密密地绣了极为传神的牡丹花。这件旗袍是在苏州玩的时候，我给奶奶挑的。我一直认定这是传说中的苏绣。我极喜欢它，总是缠着奶奶叫她穿。我搂着她的脖子，摇头晃脑地无理取闹。

　　我说："奶奶，等下出去你穿那条旗袍，好不好？"奶奶拍拍我圈住她的手，叫我别闹了，老太婆还穿这样的袍子。我还是执意要她穿。奶奶对我无计可施，只好"哎哟哎哟"地允诺我。其实所谓的"等下出去"也只不过是去菜场买半斤三黄鸡，再附带一包糖炒栗子。都是我爱吃的。奶奶有糖尿病吃不得糖炒栗子。

　　每次想起奶奶羞红着脸，穿着那件露出大半条胳膊、花里胡哨的旗袍，我总是忍不住要微笑起来。那时候的奶奶多美啊，她是全天下最美的老太太，谁也比不上她。我挽着她的胳膊，在阳光下开心地蹦蹦跳跳。只有在奶奶身边我才像个孩子。也只有面对奶奶我才能无所顾忌做一个最真实的我。

　　家里人似乎都来了。进门的时候我看见爸爸，脸上是一如既往的平静。他叫我进去，自己却往外走。我看见房间里进进出出都是些我不认识的人。他们手里攥着厚厚一封素白的信封。他们看见我就一脸悲伤地摇摇头，那种神情好像他们比我还心痛。我觉得他们可以去拿奖了，即使拿不了奥斯卡也能捧一座金球回来。

有攥信封的也有送东西的。我觉得很奇怪，奶奶在的时候你们不来，现在都跑来了。这些东西奶奶根本就用不着。我看见房间的角落里堆了一些花篮还有水果。红色的塑料袋里装着本不该在这个季节出现的绿色纹路的西瓜。

我突然就想起小的时候，那时奶奶还算年轻。似乎还没有六十岁，至多五十六七。夏天的夜晚我和奶奶一人捧着半只西瓜，坐在阳台上一边乘凉一边吃。我其实根本吃不了这么多，可是为了让奶奶高兴（她看我吃东西总是特别高兴），硬生生把半只西瓜统统吃了下去。

我们不说话，看着寂寥的星辰，吹着舒适的风，捧着凉丝丝的西瓜。水珠从瓜皮上渗出来，弄湿了手心。如同最柔软的锦缎铺展在心里。我的童年虽然并没有什么相好的玩伴，可是却可以一直和奶奶在一起。这样就好，这样就已足够。

在吃东西上，奶奶是一点都不含糊的。她总是希望我能多吃一些。因为她那不争气的儿子不懂得照顾我。我很小的时候，被逼无奈，就只能从冰箱里拿出冰棍当早餐吃。但是如果是和奶奶在一起，那她便会一大早就爬起来，为我买可可牛奶和小笼包子。我只喜欢吃这两样，也只有她会记得。她总会在它们还热气腾腾的时候给我端过来。如果我赖着不起床，那是要挨骂的。不过她一开始总要讲些我更小的时候的糗事来糊弄我。她说我小时候也不让她睡觉。七早八早就爬起来站在床上唱歌，台词大体是什么"大公鸡，真美丽。小花猫，真调皮"。我当即羞红了脸，我说奶奶，我怕了你了，我起床还不行吗？

奶奶起得很早，一般吃完早饭也不过是七八点的光景。我便陪她一起给阳台上飞来的小鸟喂食。奶奶很喜欢小动物，还养过金鱼和小乌龟。不过最喜欢的还是小狗。以前养过一只扁脸白毛的北京西施犬。虽然这狗的气质是较高贵优雅的，可是奶奶根本不管这些，照样给它取了顶顶俗气的名字，叫来福。因为奶奶觉得这样叫着家里也会有福气的。跟招财猫一个道理。这种时候我总要笑她迷信。一开始我总不想这么叫它，可是后来叫习惯了也就有了感情。来福是只小公狗，它小的时候还很乖，总是蜷缩在奶奶脚底下，有的时候我就会特别嫉妒它。当然嫉妒一只狗太上不了台面了，所以我就在心里暗暗不爽。趁奶奶还有来福不注意的时候，就把来福的狗碗往沙发底下一踢。可是我忘了来福是一只狗，它的鼻子比谁都灵。它一下子就能拆穿我的小伎俩，然后汪汪乱叫把奶奶给喊过来。我当时就在心里想来福这小子可不是个省油的灯啊，以后得提防着点。结果没过两年，它便开始浑浑噩噩，把小区里的小母狗都追了个遍，绝对是块当花花公子的好材料。所以奶奶就把它送给了楼上那家小母狗最漂亮的人家。倒是成全了那小子，也成全了奶奶逐渐老去的年华。

　　姑姑看见了我，她说："你愣在那儿干吗呢？快过来吃点饭吧。"我看见她和平常并没有什么两样，化着很深的眼线，殷红的口红，穿着黑色的套装。一副精致干练的模样。我有些不知所措。我想大人实在是一种很可怕的生物。怎么可以都如此无动于衷呢？他们的心像是从天而降的陨石，既不知来路更坚不可摧。我望着她，不知道要说什么。她却先开口了，她说："你快点过来吃吧，这是奶奶腌的酱瓜，她还说你喜欢吃，叫我们留着给你吃……"说着说着她就哽咽了。我想陨石也并不是坚不可摧，只是被地球的保护层磨砺了意志。

　　后来吃完饭，我独自一个人跑了出去。我重新去温习那些和奶奶走过的街道，逛过的公园。它们依旧是我假期里来的时候的样子，只是有些微细小的变动。已经是夜晚，街道铺满璀璨的光点，我走过曾经奶奶给我买冷饮吃的冷饮店，小店的台阶已经磨损，可是它贩卖的三色杯和绿豆棒冰依然特别好吃。它们清澈的味道绝对比得上爱茜茜里和Dairy Queen。我走过支着小雨棚的福利彩票贩卖点，它局促的小空间里藏匿着许多人不切实际的美梦。那里面也有奶奶的，她每天都要买上几块钱，说是要是中大奖了就留着给我当嫁妆。我走过立交桥下的公车站，每次我来奶奶她总是生怕我不认识路似的，早早就在公车站等。我走过小时候上的幼儿园，它的面貌早就翻了新，变得硬朗而又时尚，完全没了小时候充满童趣的可爱样子。以前它的门上都是彩色的小动物，奶奶就一直站在草绿色的小兔子前面等我放学。我走过枝干横生的街心公园，有精神抖擞的老爷爷和老奶奶伴着录音机里粗糙但却悠扬的音乐跳起华尔兹，以前每次遇见这样的场景奶奶总是不言不语地看着，奶奶腿脚不方便，她只能羡慕地看着别人曼妙轻舞。而她的艳羡眼光却生生揉痛了我的心。我多希望奶奶也能随风摇曳一曲，只要一支舞就好。那么善良而又温柔的你，那么天真而又透明的你，那么爱我疼我的你。我的存在因为你才变得有意义。对我来说你是这个世界上最最亲爱的人。我不知道我还能用什么回报你对我的好，哪怕只是一个微笑，一个亲吻我都给不了你。那么就在这个虚幻的瞬间，我希望用我唯一引以为傲的文字来帮你实现这个近乎梦境的心愿。

在你最爱的西湖畔，在你最爱的碧空净影的春天，在你最爱的男人怀中。你最爱的男人是我的爷爷，我并未见过他，他比你更早离开了人间。我见过爷爷年轻时的照片，他有一张坚毅面孔，眼睛像是璀璨的星辰，有最完美的薄薄的嘴唇。在这样一个男子的怀里，你变回五十年前那个天真的少女。穿着水红色的裙衫，笑容比西湖的水波更潋滟。你带着那样令人心驰神往的笑容，缓慢地荡开脚步，你轻轻用脚尖画了个圈。动情的乐声便响起，是班德瑞的《夏日华尔兹》。你翩翩起舞，脚步像是轻盈纷飞的蝴蝶。最美的时光都在你旋转飞扬的裙摆里开出明丽的花朵。你最爱的男人再一次对你深情微笑。

西湖边的步道逐渐被围得水泄不通，所有的围观者都在赞叹这一对碧玉妆成的恋人轻曼的舞步。音乐不绝如缕，而我的心也逐渐变得平静。

我低下头，摇了摇我胸前的死亡定时器。它还在不眠不休地转动，嘀答嘀答地倒数。到底要到哪一天它也会到期。那个时候我不想听见爆裂的声响，只要一声轻弱的叹息就好。

　　那个叹息就像你多年前的夏夜轻摇着我哄我睡着，你有些担心地想，如果自己不在了，那么还有谁可以给她细密的宠爱呢？你摇着蒲扇，轻轻"哎"了一声。

作者简介
FEIYANG

　　金子棋，1989 年生，是与双子速配的天秤座。喜欢的作家有泰戈尔、杜拉斯、顾城、郭小四。（获第十届新概念作文大赛一等奖）

再说一遍我爱你 ◎文/周悟拿

谨以此作，献给亲爱的 0501 班。

这个夏天，我沉浸在孤独里面。朋友们都在外面上各种各样的补习班，隐匿在这城市的楼群中。我习惯在上午上网，在这大好时光，好友名单里那些熟悉的头像只会是灰暗。

期末考试。领成绩单。学农。在这些程序运行时，我们一直在笑，一直在闹，真的不是强作欢颜。

关于离别，我们心照不宣。

在接近期考的那一段时间里，老师发下来许多试卷给我们做练习。

我每次一拿到试卷总习惯性地在左上角写下姓名班级，然后惆怅地想，以后便不能在自己的名字后面写下这个班次了。

天气一天天热起来，后面黑板上的期考倒计时变成了十天。小轻对我说，还有十天，我们就不再属于这个集体了。

我无言以对，然后看到暮色中，教室桌椅的轮廓变凝重起来。

后路已经封死，前路满目荒凉。这是我自己的选择。

我一直记得，发文科意向表的时候，穗穗紧紧握着我的手，很紧很紧。我的手指隐隐作痛，但还是坚持对她微笑。

可是现在，我的右手旁边，已找不到你的左手。空荡荡的掌心，已找不回当初十指相扣的温暖。曾经，霸道的我一定要和你争夺靠窗的位置；大大咧咧的我弄翻了你的牛奶。我给你添了那么多麻烦。我的确不是一个好同桌啊。

我在家里翻箱倒柜地找春游回忆录，找到后放到电脑里反复地看。一遍又一遍，直到眼泪湿了脸。汹涌的往事潮水一般在心里翻腾，留下黯然的痕迹。

那些光辉熠熠的日子。那些绵长细致的爱。那些熟悉的眼角眉梢。

你们是否，会和我一样一直铭记。

篮球赛在最后一秒进球获胜的喜悦，曾经像一把火一样点燃我们的快乐。

要求班主任组织补课的同学签名书，昭示着我们立志要迎头赶上的决心。

记得我们的春游，那么快乐。我深深地知道，那是我在0501班的第一次春游，也是最后一次。

早上刚下了一场雨，山路上空气很清新。我和霏霏一直很快地爬山，耳边只有喘息声，还有山道上呼呼的风声。其实我早就爬不动了，可我们都没有说泄气的话，仍旧一直斗志昂扬地前进。后来哑铃和小皮喊着口号赶上来，一二一，一二一。

我们四个人不服输地开始了拉锯战，其实大家都已经使不上力气，但还是坚持着。

过了南天门，我们停下来，一起痛快地淋了一场松树雨。山间雾气弥漫，宛若仙境一般美好。我们把手放到嘴边，一起向着群山大叫："0501最强——"

这几个音节，在耳边反反复复地响着，随着浮云上升下沉。

然后，从略高处传来另外一拨属于 0501 的声音："是 0501 的就快点赶上我们！"

那一刻的感动，无可比拟。现在想起来，心扉仍旧温暖，仿佛所谓时间的辗转，从来不曾存在。那种亲切的感觉，是"0501"这四个数字带来的。

虽然你们在我看不到的地方，但是，我仍旧知道你们在那里，未曾远离。

冬天，我在学校的厕所里晕倒，把下颌磕出一道大口子。被忆砼扶回教室的时候，仍旧昏昏沉沉，不明白出了什么事情。然后看到你们围上来，惊恐关切的样子。

你们准备把我送到校医务室，到了一楼才发现外面下着不大不小的雨，舒畅还把校服脱下来给我挡雨。

到了校医务室，医生说伤口深，要送大医院去缝针。我忽然开始害怕，下颌的疼痛开始肆无忌惮地蔓延。我"哇"的一声哭出来，茫然不知所措。霏霏、忆砼和舒畅都围在我旁边，你们亲切叫我的外号，"超级塞亚人"。舒畅甚至还配上那非常有趣的动作。忆砼说，超级塞亚人是最坚强勇敢的呢！立竿见影的是，眼泪马上就停止流了。当时觉得，有你们在身边，真的没有什么好怕的了。

缝完针回家，整个晚上手机都未曾安静。源源不断的短信向我涌来，几乎全班同学都知道了我受伤的事情，一条条载着问候载着担心的短信，让我感动到要流泪。

我想，我会一直记得，我曾经那么幸福地在台灯下一条一条收短信。我甚至感谢那一次意外，让我明白，原来我手握那么多的关怀和友情。

这是个很冗长的暑假。每一天都那么炎热，百无聊赖。我曾经花大把的时间在坐公车上，随意坐上一辆，坐到头脑发昏，再随意找个站下。如此循环，最后又坐回家。

穿行在这城市的大街小巷，我总是无可抑制地想起你们。望着窗外的小区或者车站，我会想，玮玮家住这附近的，班花家要从这里坐车的。一想到开学后便不能和你们在一个教室里学习，心里便有一种空荡荡的失落。

我还记得学农的最后一天，大家都回到浏阳市一中。在校门口下车后，我一直在用眼神寻找同学们的身影。当终于找到0501的大队伍，我和穗穗欢快地奔跑过去也加入其中。当时的感觉，如同回家了一般温馨。我想，分班以后，我也仍旧被贴着标签，我曾是0501的光荣一员，这一点永远不会改变。

临近开学，很久没有联系的小强同学打来电话，像往常一样询问语文作业有关事宜。几乎高一的每个周日晚上，他都会发来一条极度不负责任的短信："明天交啥作业？拜托写具体点，谢了。"一直扮演着"老好人"角色的我，只能一个字一个字地打短信告诉他各科作业。

回答完他的问题后，我说："其实，语文作业下学期就不归我收了呢……"

然后，只剩沉默。耳边只有电流的沙沙声。

我开始后悔说了那句话，然后用没心没肺的笑容搪塞："哎呀，你要快点做作业！没我这样的大好人罩你了啦！"

挂了电话以后，仍旧出神地坐着。

关于0501班的种种琐碎，其实都已成为习惯，只有时间能粗暴地篡改。而我，会尽力和时间搏斗，拼尽全力，狠狠地记得，那些回忆。

记得在临近期末的时候，我、燕子、穗穗坐得很近，总是一起唱《写一首歌》。现在我多想对你们唱——

月亮在你的眼睛，太阳在我心，现在我写这篇文，只为你，只为你。

分离不舍的情绪，曾经说过很多次。

再说一遍，我爱你。亲爱的 0501 班。陪伴我一年的你们。

只要爱在，回忆在，0501 班就永远都在。

作者简介
FEIYANG

　　周悟拿，女，1991 年 3 月 22 日生。有文章七十余篇发表在各类报刊上，《散文诗》2005 年第 7 期做专题介绍，广州《中学生报》文学版专栏作者，《小溪流》杂志专栏作者。曾与他人一起出版小说合集《花开的声音》，另一本与他人合著的小说合集《就让记忆盛开如花》于 2008 年 5 月出版。湖南省作家协会最年轻的会员。（获第十届新概念作文大赛一等奖）

这开不了口的爱 ◎文/青慧雯

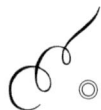

序章

月很惨白，月下三人的脸色像极了这月光，惨惨淡淡，空气中弥漫着悲伤的气息。

"若若，非走不可？"安然低低地问道。

若若没有回答，眼睛盯住了安然与峰紧紧牵连的手，轻轻地点点头。

"父亲让我过去。"

然后，一切就像失语的话剧，突然安静起来。

远处似乎已隐约传来汽笛声，破碎且缥缈，像极了若若的记忆。

一瞬失神，一切记忆，就这样铺天盖地地席卷而来。

一

时节为盛夏，太阳高高地挂着，炙烤着大地，也炙烤着人心。

书店里的空调凉凉的，若若像一条终于从搁浅处回归深水的游鱼，细心地寻觅她要的书。

"有了。"

"终于被我找到了。"

本来若若的手先搭上了那本蓝色封皮的书，却突然被另一只挂满木镯的手给搭上。若若本能地脸红了，缩回了手，埋下脑袋："对……对不起，你先吧。"

"可只有一本了耶，你不想要吗？"一个短发笑容灿烂的女孩子与她视线相交。

"啊……只有一本了……"若若本来是想让那个女孩子的，可她已经走遍了所有的书店，只有这里还有存货，如果这本买不到，就还得等一个星期了。想到这里，若若的手心出了点细细的汗，有点不知所措。

"那这样好了，这本书我先买了，我们找个咖啡厅，先让你看一遍好不好？"那个女孩子甜甜一笑，不等若若回答，一手拿起书，一手拉着若若走向柜台。

"啊……"若若来不及反应，就被那只有漂亮木镯的手给拉出了书店，进了街对面的咖啡厅。

"几米的《蓝石头》真的很好看，既然同是爱好者，你先看吧。"那个女孩子一边把书平推给若若，一边叫来服务生要了两杯咖啡。

"谢谢你。"若若的声音像蚊子一样细，依然不怎么敢抬头。

"我叫安然，我们做好朋友吧。"

若若愣了一下，只见安然已经把那只挂满木镯的手伸到了她面前，五指微张，有着极大的诱惑力。

她轻轻地伸出了那只戴着母亲为她编的平安绳的手，缓缓地与安然的手相触，最后终于轻轻地两手相握。

"我叫若若。"

二

缘分是这世上最奇妙的东西，不然，若若怎么也想不到她与安然真能成为好朋友。更巧的是，她们竟是同所大学的学生，虽然读的专业不同，不过寝室都在同一层楼。

其实，安然并不像她名字那样安静，她是个活泼快乐的女孩子，而且做事雷厉风行，也很要强。若若跟安然在一起，感觉就像找到了一个可以保护自己的姐姐，很安心。

而安然觉得若若就像她名字一样——弱弱，很容易脸红，身体很瘦弱，声音也很细小，这么柔弱的女孩选择文学系当然在安然的预料之中。安然觉得自己像多了个小妹妹，要好好照顾她，很温暖。

当初QQ幻想上市时，安然与若若都玩过。安然选择当女剑客，仗剑走天涯，快意恩仇，而若若选择了药师，安安静静地助人为乐。刚开始时，安然在前方杀怪物，若若在她身后为她加血，看着一批又一批怪物倒下，她们都很快乐。

但随着级数的升高，若若的速度再也赶不上安然了。她不想拖安然的后腿，就自己修炼，完成任务去了。安然也知道若若的想法，更加放松地投身于拼杀中。

在完成一个叫"飞鸟与游鱼"的任务中，若若认识了峰。

这个任务是需要两个人合力完成的，恰好若若找不到安然，于是只有站在原地傻傻地等。本来找个人是很容易的，这个任务本来就有很多人急着完成，但如果若若主动去寻找搭档，那她就不是若若了。

就像她的名字，若若。

幸好游戏人物不会脸红，不然那个Q版娃娃的脸一定像番茄一样，红得可爱，一如电脑屏幕前的若若。

若若正发愁怎么办，一个对话框就弹了出来。

"我会让你繁花似锦，跟我组队吧。"

若若瞬间有了点心动，这种心动差点让她进入了游离态，忘记了自己身处何地。

她，陌上。

当初安然一直问她为什么取这个奇怪的名字做游戏人物名，若若没说，只是可爱地笑。那本是她看过的一个爱情故事，叫《陌上繁花似锦》。若若一直希望有人可以像接暗号一样说出"繁花似锦"，就像小说中一样。然后男女主角就快乐地一起生活，这便是若若对幸福的全部期望。

显然，他也看过那小说，也明白若若名字的深意。

老天就这样让若若偷偷爱上了峰。

真巧了，他们竟然在同一所大学，峰是她的学长，读金融。

这时，如果若若是个开朗的女孩子，只需动用下她四通八达的人际关系，马上就可以调查到有关峰的一切，然后再设计一系列的场景，一段青春校园爱情就可以拉开序幕。

可她是若若。

若若像她的名字一样——弱弱。

别说请人帮忙调查了，光是去偷看峰一眼若若就跟做贼似的，满头大汗，脸颊绯红。于是，若若决定请安然帮忙，但她并没有说出"喜欢"二字，只是对安然解释说自己很崇拜这位学长。

安然耐心地听完若若断断续续的解释，眉毛一挑，转身大步流星地冲向经济楼。半小时后，安然潇洒地把一纸资料递给了若若。

"给你，收好哟。"

没有预兆地，安然突然灿烂地一笑。

若若惊了一下，想说什么却又没说出口，埋头就看起了峰的资料。

若若没想到，至少当时并没有想到，那莫测却又灿烂的一笑，奏响了悲伤的前奏。

三

这几天，安然像着魔似的成天拖着若若往书店里跑，并且开始翻看各类言情小说。

若若仔细观察了很久，最后才小心翼翼地问道："安然，你是不是恋爱了？"

安然突然回过头，望望若若，把若若看得莫名其妙。若若习惯地低头，以为是自己惹恼了安然，正寻思着怎么道歉，刚一抬头，只见安然轻轻地拍拍她的小脑袋。

"若若，长大了呀！居然被你看出来了。"

若若盯着安然那张漂亮的脸，觉得真是好看，被她喜欢的男生一定很幸福，而对安然刚才说的话，还是有点不悦的。

"我也有喜欢的人了，怎么还小呢？"若若小声嘀咕着，把目光投上书架上那些厚实的烫金书脊。

安然全然没注意到正在发牢骚的若若，又拿起另一本书兴致勃勃地看起来。

若若见安然不理解自己，只好独自东晃晃，西转转，找本书打发时间。

她停在了漫画的专柜。

几米的《蓝石头》已经堆满了书架，热销中。当时为买一本书而跑遍全市书店的日子再也不会有了，但那时安然与若若的手重叠的情景却还是那么清晰，若若甚至可以清晰地感觉到那时一切的光线与温度。

"若若，若若。快过来看呀！快过来！"

安然的呼唤声拉回了正在失神的若若，她以小跑的速度到了安然身边。

"看这里。"

若若顺着安然的手指看到了一张剪贴画，只是一只白净、修长的手，中指与无名指折了起来，如果把小指也收起来，就很像童年用手比枪的样子。

"我爱你，是我爱你，若若。怎么样，这种表白方式不错吧？我们说好，以后就以这种方式表白。"

安然十分兴奋地拉起了若若跳起了圆圈舞，惹得书店中的人们都对她们投来诧异的目光。若若满脸通红，很难为情地笑了笑。

这大概是她平生第一次成为众人的焦点吧。

若若稍微偏了偏头，看见了她手上的平安绳，很干净的红色，是母亲临终的寄托与祝福。

"孩子，一旦和你珍惜的人有所约定，一定不能辜负。"

母亲的话，若若还清清楚楚地记得，一点都不敢忘记。

若若微微抬起头，和安然一起快乐地跳舞。

两个美好的身影在书店里交织成一道明媚的风景线，是若若从不敢想象的美好。

然而两人都不明白，约定虽好，可那却是开不了口的爱。

一份开不了口的爱，注定会有人先离开。

四

月光惨白，月下三人的脸色像极了这月光，惨惨淡淡，空气中弥漫着悲伤的气息。

"若若，非走不可？"安然低低地问道。

若若没有回答，眼睛盯住了安然与峰紧紧牵连的手，轻轻地点点头。

"父亲让我过去。"

然后，一切就像失语的话剧，突然安静起来。

远处似乎已隐约传来汽笛声，破碎且缥缈，像极了若若的记忆。

一瞬失神，一切记忆，就这样铺天盖地地席卷而来。

那是个星期天的上午，若若被安然约了出来，说是看男朋友。若若想反正她看不看安然的男朋友又不是什么大事，安然的眼光绝对很好，把她拖出去，只能当电灯泡。

虽然不情愿，若若还是到了约定的地方，提前十分钟到达。

忽然，一个身影掠过若若的眼眸，她刚想再看一次那熟悉的身影，一双纤细的手调皮地拍了拍她的肩。

"若若，发什么呆？"

是安然吧？若若一边转身，一边默想。

本来是她一张可爱的笑脸，在她转身望见安然身后的人之后，一下子失了血色。

峰。

他牵着安然的手。

峰笑着。

安然也笑着。

强烈震撼的画面在若若心底烙下痕迹，若若为它配出了经典的字句，然而她始终面带笑意。

一切已成定格，尽管她的失神只有那么一瞬。

火车"呜呜"地开动了，车窗外安然一边抹着眼泪一边向若若挥手告别。峰在一旁安静地挥手，然后很温柔地为安然递上纸巾。

当火车的速度渐快时，若若觉得一切都像被拉长了，连车站边缘灰白的外墙都成了一条绵长的细线。

此景，此情，怕是她一辈子都不会忘记了。

若若似乎记起什么，把右手伸出了窗外。

小心地收起了中指与无名指。

就这最后一次机会了，若若默默地想，我的沉默表白。

火车带着她飞驰而去。

五

从此，天南地北，若若与安然便再也没有相见。

若若的日子过得很平静，再也不会去惦记从前的所有了。

或许这次，她真正摆脱了她名字给她的烙印——弱弱。

年轻时的记忆就这样被时间模糊，再也没有留下过于深远的痕迹。

安然最终答应了峰的求婚，两人幸福地步入了幸福的殿堂。

与峰结婚后很多年的某一天，峰突然问了这样一个问题：

"把中指与无名指折起来的手势是什么意思？祝你幸福？平安快乐？"

若若？

中指与无名指的折叠。

所约定的表白方式。

安然的心突然漏了一拍。

她记起了当时自己与若若在书店里跳舞的场景和她冲到峰的面前说自己喜欢他的情景，内心涌出阵阵愧疚与伤感。

"怎么突然问这个？"

"没，好像很多年前见过。"峰也一脸迷茫地走开了。

安然把右手抬起，小心翼翼地收起了中指与无名指，一滴清泪就砸了下来。

若若，一定是你吧？除了你，谁还会一直记得这样一个约定。

可是为什么不说出来呢？为什么连我都不告诉？为什么就这样选择了离开？为什么当时自己就那么迟钝，迟钝到看不出若若对峰的感情？

太多的为什么在安然的胸口堆砌着，然而却无处询问，就像汹涌的河水，突然被高大的闸门给堵住了去路，再也找不到发泄的通道，只剩下满腔的愤懑与难过。

安然用左手握紧了右手，紧得有些颤抖。

"真该死，这开不了口的爱。"

当什么都不再属于自己，只有身体这具空壳是自己的。

作者简介
FEIYANG

青慧雯，成都人。自述：1991 年出生的什么都不知道的小女孩，既没有母亲的贤淑善良，也没有父亲的机智明达。自以为是有点小聪明和奇思妙想的，所以也就成了如今的我。(获第十届新概念作文大赛一等奖)

清的手机号码 ◎文/曹兮

抬头望向天空，被我们称为誓言的星星，静静地闪烁着，仿佛在持续着多年前许下的心愿。

昏暗的路灯下，破碎的啤酒瓶散发着异样的色彩，鲜血落在翠绿色的玻璃上像是绽放着的玫瑰，我触摸着那血，贪恋它离开身体后残存的温度。

小心翼翼地将沾在手中的温暖贴近脸庞，但它却顺着泪痕蔓延开来。

我安静地掏出手机，拍下这一切，取名为"冷艳"。选择了那个熟悉而又陌生的号码，大拇指颤颤巍巍地按下"发送"。

酒精在血液里翻腾，它麻痹了神经，只让我晓得摇摇晃晃地走向远方。

远方……是一片曾开满铃兰花的地方。

如今，那里只剩荒草遍野。

铃兰花的根是永远不分的，每一对铃兰都是分不开的。清那曼妙旋律般的声音仍在我耳边，挥之不去。

懒懒地躺在草丛中，青草香掺和着泥土的腥味驱去了三分酒意，摊开满是鲜血的手机，等待着回复。

但我知道，我永远也只能是等待回复。

每一次想起清的时候都是这样，把自己搞得如此狼狈，犹如丧家之犬，明明知道她不会再给我任何回复，却又一遍遍地重复这无意义的举动，像是等断了线的风筝，明知它会迷失在风里，却还傻傻地在原地奢望着它会逆风回来，却不知它早已在风中离自己越来越远。

什么弱智的誓言，什么不变的承诺，都不是真的……

为什么……还叫我这样想她。

泪，涌出眼眶，无节制得像是长长的思念。

忽然觉得自己很没用，放了几年的手机号码到现在都不舍得删去，生怕它一旦从电话本中消失，清也会彻底从生命中消失一般，哪怕对方一直是关机，还是会不断地发短信过去。

不知为何，竟觉得这可笑的行为像是一场痛苦的单相思。

手机铃声在空旷的草地上响了许久，酒精使身体感觉不到力气，只好让它在那里孤独地响着。

因为知道永远都不会有她的来电，索性连接都不接。

已感到倦了，无论是这样的怀念，还是千篇一律的生活……抄起手机，踉跄着离开，朝着相反的方向，踏上回家的路。

醒来时，意识昏沉，昨日的种种也已记不起，身上的血迹干透后粘在身上，我拿起毛巾擦拭着满是鲜血的手机，用OK绷将伤口覆盖，洗去脸上的泪痕，盯着镜中的自己，仿佛昨天的颓废不复存在。

路过那片铃兰花海，突然觉得对于她的思念我要记下来，就算她看不见，我也会发到她手机上，哪怕每次都是关机，哪怕没有回复。

我一直都有种错觉，我们不过是分手，她一直都存在。

某月某日，下了很大的雨，和你离开时的那场雨一样。

我仰躺在床上，和朋友发着无聊的短信，当不知还要和朋友说些什么时，忽然想起，家里没有酒了。

外面的雨不是太大，没有拿伞就进了雨里，还没走出多久，就看到举着花伞的萱，她是清的妹妹，也是我的秘书，我明白她是打电话找不到我才来的。

"经理……"

"抱歉，我现在没心情谈公务。"我疯狂地奔跑在远去的路上，将她甩在身后，看她不再追来后，我便停了下来，浑身都已湿透又不想再回去，环顾四周才发现走岔了路，来到了那片铃兰花海。

还记得清曾告诉我的铃兰花语是永远相守。啊……对了……当时我还笑着骂她白痴,她没有还嘴只是甜甜地笑了。这里铃兰还都没有开，我想它是永远都不会开了吧。

昨日的悲伤原以为它已成过去，却没想到它会在心里扎根发芽，我莫名地笑了，凄凉且僵硬，我为什么这么傻？明知她已不会再回来了……

脑海里关于她的记忆模糊得只剩下一片铃兰，曾那么想要记住，曾那样告诫过自己不能忘记，但我却未能敌得过时间的冲洗，越想要记住的，忘记得越快。

"干吗要淋雨？"萱还是赶了过来，将伞移到我头上，"你这样会感冒的。"

"习惯了……"我离开她的伞下，继续走远。

"别这样，姐姐知道会伤心。"

伤心？若真是这样她也不会就此轻易地离开了。

但……如果……如果有一天，患病的人是我而不是清，她会像现在的我一样，还是会忘记我？我情愿她忘记我，就像不曾存在过，因为相思一个人，太苦了……

今天的雨很大，可能会下好几天。

银河中有一个淡蓝色的星星，你为它起名叫做誓言。

某年的七夕，天上的星星多得令人难以想象。

清拉着我到郊外的河边去看星星，我虽不停地骂她是笨蛋，却还是跟着她坐在草地上望向天空。

我不懂她为何要目不转睛地盯着那些光亮点，不一会儿她突然拽住我指着银河里一颗淡蓝色的星星，她说那叫誓言星。

"岚，我们许个愿好不好。"

"不要。"

"哦。"清低着头不说话。

"生气了？"

"没有。"她歪着头天真地笑着。

我最后还是屈服了，她那唯美的笑容，是无论如何也无法拒绝的。

"好了好了！我输了！我许，我许还不行吗？"

"嗯。"她依旧笑如春花，"我先许！我说……嗯……要永远幸福……"清说这话时，看了看我。

"白痴！许这种愿干什么！"

那个夜晚，她许下要幸福的誓言，而我却什么也没说，直至现在我也不知该许些什么，或许我也该和她许同样的愿，因为从我们分手那天，我认定了真实，从认定真实的那瞬间起，平凡的幸福就不复存在了，我挺羡慕清的，永远活在梦里，永远笑着，永远翻开手机看着我的手机号码，她或许已经得到幸福了，或在梦里的人是幸福的，因为真实要比梦幻残忍且脆弱，让人无法忍受甚至崩溃。

隔年的七夕，清离开了，那天没有星星，下了场极大的雨，将盛开着的铃兰都一个个地打掉，雨停后，草地上白花花的都是铃兰的尸体。

今年七夕，我和萱一起去墓地看她。

她的墓周围都是铃兰，我放了一束玫瑰在墓上，它在雪白中显得很尴尬，是一种刺眼的不融于周围的存在。

"为什么要送玫瑰？"萱蹲下身子，恭敬地擦掉墓碑上的尘土。

"不为什么……"我不想再多待一刻，转身坐上了车。

其实，我在等待那束玫瑰枯萎，成为我心中永远的痛……

二月十四日，情人节。

她离开后的多少个情人节我已经记不清了，虽然总会收到萱给的巧克力，但最后总是会因为放的时间太久而被当做垃圾丢掉。

没有目的地游走在大街上，到处都有巧克力的身影，清和普通女孩子一样很喜欢巧克力的味道。

脚步，在看到一家熟悉的店面后停留，那是清常来的巧克力店。

轻盈的铃声响起，一句温柔的"欢迎光临"，货架上摆着五颜六色的巧克力盒。

"你好，是准备买巧克力送人吗？"

"啊？算……算是吧……"

"那您看中哪一款了？"我随手指了一个褐色的带有白色花边的巧克力，服务生拿了起来进了工作间，问我要在巧克力上写些什么。

我想了想翻开手机给他看了那个手机号码，他皱皱眉但还是写在了上面。

"谢谢惠顾……"

手中紫色的礼盒中放着不知该送给谁的巧克力，看了看街上似乎多了很多情侣，也许本就那么多，只是我没注意到罢了。

"萱，你在家吗？"黑色的情人节，我不知该去向哪里，只好打电话给萱。

"在。"

"我想去你家。"

"好，我等你……"她等我先挂了电话，她才挂断，和清的习惯一样。

当我到达她家门前，她正疑惑地盯着我手中的盒子。

"送给你的。"我侧着身进了屋，缩在沙发上换电视看。萱小心翼翼地拆开盒子，当她看到巧克力上的号码时，明亮的双眼挂着泪花。

"姐姐好幸福。"她又将盖子放回，按原样将盒子包装好。

"为什么这么讲？"

"她都已离开这么久，你却还能记得她。"

我没有告诉她我早已忘记清的模样……

"我们……结婚吧……"

"你……"她奇怪地看着我，然后笑着摇摇头，"但是……"

"放心，我从未把你当做她的代替品。"

萱没有回答，只是像清一样，微微地笑着。

今年的我过的依旧是没有情人的情人节，萱打电话过来说她将那盒巧克力埋在了那片铃兰花地里。

那个巧克力上写着的，是清的手机号码……

海边，我悄悄地走向海的中心，只为能体会你所讲的幸福。

"清，来海边干什么？"

"看海。"她脱了凉鞋，奔向海浪，像是一朵飘在风里的花。

天气一热，连海风都是热的，我一屁股坐在沙滩上，汗珠挂满全身。

"岚，你说海的颜色漂亮吗？"

"反正我不喜欢。"我看见清迷茫地盯着远方，白皙的脸上不带有丝毫的血色。

"那你喜欢什么颜色？"

"黑色……"

"好单调呀……"她起身走向海，"要是海能变成紫色就好了……"

她继续向前走着，我不明白她要做什么，只能坐在沙滩上看着她，海浪轻轻地打着她的裙边，清的长发肆无忌惮地飘散。

她一直平静地走着，我不知道这海有多深。海水漫过清的肩膀，她抬起头凝视远方，我如梦方醒般，却见到她转过头，淡淡地微笑。

"岚，你看……"

"清！快回来！"我快速地跑了过去，生怕她会从我眼前消失。

"海变成紫色的了……"她在水中摇摇晃晃，那一刻，双眼模糊。

那一次，差一点就失去她，但清却跟我讲她只是为了看到紫色的海。

我问她，你看到了吗？

她说，没有。

我知道她要找的不是什么紫色的海，而是幸福。

我一直都无法给她幸福，她却说跟我在一起就是最幸福的。

可我早已忘记……什么叫做幸福……

如果爱有天意……

久远的事全部都发生在昨天，直到现在我还没醒，我不愿意清醒，总害怕一旦醒来，我便要把过去抛弃，总想着我的现在永远也不要来，就像被封印在了那个手机号码上，永远沉睡，不会解开。

铃兰花，在五月的不安与骚动中一串串地开了。

我站在其中，想象着清还会回来，我不想忘记，她曾是我的唯一。

"花……很美……"萱站在身旁，抚摸着手中的花朵。

"你说……清希望我忘记她吗……"

"是呀，姐姐会希望你忘记她，希望你幸福。"我清楚地知道清的占有欲，她如此贪婪地从我身上得到幸福自然也不会想让我轻易忘记她。

"你骗我……"

萱毫无掩饰地笑了，和清很像。

"你呀，又不是小孩子了，这种事还是别问我的好。"

"她说过会记得我……你记得吗？"

她停止微笑，转过头："我……忘了……"

"真的吗？"

"嗯……我忘记了……"她不安地离开我身边，奔跑向远处。

她还不知道……自己就是清……病死了的不是清而是萱……

清视萱如己身，萱死去的那天，她就像变了一个人似的，一言一行都和萱分毫不差……我知道她太爱萱了，她受不了妹妹的离开，就这样，一人扮着两种角色。

"岚，快过来。"她蹲在花丛里，指着地面，"我把你给清的巧克力埋在这儿了……"

"白痴……"

她又那样笑了，美丽，妖异，只绽放给我的笑。

我深吸一口气，伸了伸懒腰，今天阳光很好……

"清，我们结婚吧……"

她愣了，蹲在那里半天不说话。

"默认啦？"

她一下子扑进我怀里，放声大哭，像是个受了天大委屈的孩子，不停地拍打着我的胸。

"明年……我们去看萱……好吗……"

清没有说话，默默地点了点头。

作者简介
FEIYANG

　　曹兮，笔名朝夕，网名 Asher，1991 年 6 月生于江苏徐州市，双子座。最喜欢的一句话：一个人哭喊，你给纸巾他就行；但如果一间屋的人哭喊，你就要做很多事情。(获第十届新概念作文大赛一等奖)

今宵别梦寒　　◎文/徐筱雅

　　周先生搬进来的时候是个中午，那个时候梅子刚放课。前些天，房东连太太就开始忙活了，说家里有人要来。几个搬运工抬着几个木头箱子呼哧呼哧地从院门外进来，连太太在院子里叉着腰，指挥这指挥那，让搬运工们轻拿轻放。连太太的厨娘宋妈在做菜的时候跟母亲叨叨，说是连太太的侄子要来。梅子想起学校隔壁的中学里，男学生们穿着精神的制服，看起来风度翩翩。她想象着连太太侄子的样子，觉得他一定也是那样的。

　　周先生站在大院的门口徘徊着，脸上的表情扭在了一处。他的手里拿着一张便条纸，他伸着脖子朝里看，又把脑袋缩回来，看看手上的便条。那一定是地址，梅子想。梅子攥紧了书包带，然后就要往院子里走。他看见梅子，便一把拽住她的袖子。

　　"小姑娘，你等一等。"他说。

　　梅子看了看他拽住自己的手，撅起了嘴。他立刻反应过来，赶快抽回了手。他的表情有些不自然。他被梅子注视得有些不好意思，低下了头去。梅子弯下腰，然后把头凑到他低下来的脑袋上，问："你要干吗？"

　　他的脸好像红了一红。他看见梅子，又赶紧把头抬起来。

梅子觉得他有点手忙脚乱。他满口袋里找着什么东西，梅子觉得他是要找手上的那张纸。

果然，他翻了半天，发现纸条被紧紧握在自己手里。他赶紧拿了那张纸条给梅子看："这地址写的是这个院子吗？"

梅子点点头。她看到上面写的屋子，正是房东连太太的屋子，于是问他："噢，你就是连太太家里人呀？"

他愣了一下，赶紧说："嗯，她……是我姑妈。"

梅子点点头，给他一指，说："那间，东边的那间就是。"

他冲梅子点头笑了笑，提着行李进去了。梅子觉得挺奇怪，他的手里就提着一个学生用的黑手提袋。梅子的小学校附近就有一所中学，那里的男孩子都拿着类似的手提袋。梅子把书包带攥紧了，往院子里一跳一跳地进去了。

下午的时候天气变了。天空里盖着一层浓重的阴霾，风吹过来，也没有吹散。天一下子黑了，怎么吹也亮不起来。梅子的妈妈赵太太推开窗子，看了看天，把脑袋缩回来，对梅子说："梅子，去把衣服收回来。要下雨的。"

梅子在里屋练大字，头也没抬："您手又没占着，您不会自己收去？"

赵太太说："小姑奶奶，你越来越不让人省心了。"说罢便走了出去。

院子里闹哄哄的，梅子一下子就听出了连太太尖厉的声音。她抬起窗户去看，几个搬运工人抬着一个巨大的木头箱子从门外进来。连太太在屋外尖声尖气地指挥。母亲见状，凑了过去，跟连太太招呼。

不知道母亲和连太太说了什么，连太太尖厉地笑着，笑容堆了一脸，梅子觉得，她脸上的褶子一定都挤在了一起。连太太冲着屋里招呼了一声，有个人从屋子里走出来。就是刚才在门口她遇到的那个人。梅子把脑袋探了出去，想看看仔细。

那个人显得有点怯，说话打着结巴，像是班里来的新同学。上半年里班上从济南来了个男同学，长得结结实实，人却羞答答的。老师让他在同学们面前作自我介绍，他半天了才从老师背后走出来。人还没说话，脸倒是羞红了一大片。

母亲和那人说着话，不知道说的什么，母亲笑成了一朵花。

母亲说完了，从屋外抱着衣服走了进来。梅子听见了声音，立刻把窗子关上，接着练大字。母亲走进来，把衣服放在床上，一边叠着衣服一边说："梅子，你多和人家周先生学着点儿。人家周先生学识好，你跟他多学点儿没坏处。"

梅子瞥了母亲一眼，说："您不就想巴结连太太她们家吗？您还不识字儿呢，您怎么不跟周先生学去？"

母亲用眼睛使劲儿剜了梅子一眼，说："我不跟你置气。我就巴结了，您怎么着吧。"她说着，继续叠衣服。架在炉子上的水突突地响了，她走过去提起来，走到屋外去了。

大院里一共三家人。连太太，赵家母女，还有一家做买卖的。整个院子都是连太太的，母亲说连太太当初给一个什么大官做妾，这是给连太太买的外宅。后来大官死了，外宅也就留给连太太了。连太太带着厨娘宋妈住着，现在又多了一个周先生。她一个人用不上这么些间房，于是把房都租了出去。

北屋住的那家买卖人，男人长年累月地不在家，就是一个女人带着三个老姑娘。北屋的人家和其他人不太来往，三个老姑娘盼着嫁人，盼久了吧，脾气也就不好了，仨人成天闹架。老妈子腿脚不灵便，声音也不及她们响，根本就管不住。连太太也琢磨着到期了就把房子收回来，成天这么吵，听着就闹心。

宋妈跟着连太太很长时间了，年纪一大把了，是个寡妇。她唯一的乐趣就是跟母亲说别人家的长短。从连太太以前的私房事说到北屋的三个老姑娘，胡同里只要是认识的，就没有不被她说过的。

梅子不喜欢她，觉得她满嘴里跑舌头，一天到晚胡诌。除了这点之外，她倒是个称职的厨娘。她做的菜，肯定要比得上胡同口的那家大馆子，梅子这么想。

梅子没有进过馆子，但是连太太常常从馆子里带来一些点心，悄悄塞给梅子。

"我妈说了，不要拿别人的东西。"梅子对连太太说。

连太太把点心塞到梅子怀里，说："这又不是你拿的，这是连太太给的。"

梅子很想尝尝那个点心的味道。虽然心里挺不舍得，但她还是把点心匣子递还给连太太，她怕妈妈说她。

妈妈总是要拿爸爸说事。她总是一边哭一边说："你为什么就是不听我的话呢？要是你爸爸在，你也这样？"她一边哭一边用力地喘气，一抽一抽的，让梅子觉得上不来气。她真怕自己也像妈妈一样。

梅子对连太太说："别人给的也不许拿。"

连太太有些不高兴了，说："你这小孩怎么就不开窍呢？那这么着，你现在吃了，就不算我给的了。"

梅子想了想，觉得这个主意不错。她抬起头来看了看连太太，连太太冲她笑了。她的笑容真好看，就像太阳底下照着的桃花。

妈妈撇撇嘴，说："笑得跟个狐狸一样，有什么好看的。年纪轻轻的做什么不好，偏要去给人做姨太太！"

宋妈做的小点心，就跟连太太给梅子吃的那些点心，差不多一个味道。有时候宋妈到家里来，顺带着给梅子带几块小点心，这个时候的宋妈特别招人喜欢。

周先生来了好些天，梅子也没看他出来过。梅子觉得挺奇怪，人老跟屋子里待着，不是要得病的吗？

宋妈和母亲买菜去了。梅子一边练着大字，一边想着周先生的事儿，想着想着心里就乱了，再也练不下去了。她把窗子抬了起来，朝连太太的屋子看了看。周先生的影子好像晃了过去。可是等了好一会儿，也没见周先生再从门前走过去。梅子把窗子放下，从家里跑了出去。

梅子走到院子里，探了个脑袋往连太太屋子里看。屋子里静静的，好像没人在。怎么会没人呢，刚才明明看见周先生往这儿过去的呀。

梅子几乎要把身子探进去了，还是没看到人。她突然想到这有些不礼貌，母亲是最讨厌自己这样的。

回去吧。梅子一边想一边转过身子。可是她觉得有点不甘心，于是转过身来，又往屋子里瞄了一眼。周先生正站在那里，微微笑着看着她。

梅子吓了一跳，赶紧低下了头。

周先生说："梅子，你怎么不进来呢？"

梅子低着头说："妈妈说了，别人没请，不能到别人家里去，这样没规矩。"

周先生呵呵地笑出声来，说："那我现在邀请你，好不好？"

梅子抬起头来看看周先生。他向她伸出一只手。他的上嘴唇和鼻子之间有一块很深很深的凹处，算命的涂瞎子说了，这样的人有善心。

涂瞎子算命算得可准了，妈妈开始不信，后来带着梅子去了。涂瞎子眯缝着眼睛，抱着个拐棍，捏着手算了一下，就把家里的变故全算出来了。梅子在一旁听着，都愣了神了。妈妈听着涂瞎子的话，刷刷地掉眼泪。

他的脸怎么这么白呢，都快赶上自己写大字用的纸了。周先生站在那里，向自己伸出一只手，点点头："赵小姐，我请你到家里来坐坐，不知道方便吗？"

梅子扑哧笑了，把小手搭在周先生的大手里。周先生的手真凉，像是冰糕一样。他的手怎么这么凉呢？一定是他不常出来的缘故。人哪能总在屋子里待着，这总是要得病的。就像花儿不见太阳，就要蔫儿了。这是一个道理。

梅子到周先生那儿去了几回，觉得他的脑子就像是一本厚厚的书，里面什么知识都有。

她乐意跟周先生待在一块儿，觉得听他说话特别长知识。反正母亲让她多跟周先生学着点，现在她也乐意。

可是，周先生刚来了两星期，赵太太的态度就突然变了，不让梅子去找周先生了。梅子问她为什么，她也不细说。

连太太不在家的时候，周先生就一个人坐在堂屋里。堂屋里摆着一个巨大的木头箱子。每当周先生往前面一坐，里面就会传来叮叮当当的声音。学校的礼堂里也有一个跟这个长得差不多的大箱子，年轻的音乐老师坐到箱子前面，于是悦耳的声音就响起来了。

梅子在屋外站着，不敢进去。赵太太总是跟她说，别老瞅着房东太太家里来的那个人，他不是什么好人。好人坏人也没写在脸上，怎么妈妈一眼就看了出来？

她不觉得他是坏人。以前涂瞎子说的，上嘴唇和鼻子之间有一块凹进去的地方，凹进去的越多，这个人的心越善。他的嘴唇上面凹进去了好大的一块，一定是个善心人。他还常常教自己功课，告诉她许多道理。这样的善心人怎么会是坏人呢。梅子想。

赵太太不在，和宋妈出去了。梅子不喜欢宋妈，她顶着一个古怪的头，用头油把头发弄得油亮油亮的。她眼睛小小的，但是亮得有些出奇，一把年纪了，却最爱用香胰子。她一走进来，梅子就闻到她身上的胰子味道。可是她还有狐臭，每次梅子遇到她的时候，总感觉那一股混杂着胰子香味的臭味冲着自己的鼻子直奔而来，让她觉得直反胃。

宋妈老在赵太太耳边嘀嘀咕咕，眼睛滴溜溜地直转。

"我听说那个周先生根本不是连太太的侄子，是她在外头找的相好。"宋妈说。

赵太太一听，眉头立刻皱了起来，说："年纪轻轻的，做什么不是谋生活，非得让人养着，女人也就算了，一个大男人……家里的颜面都被他丢光了。"

宋妈这时候给赵太太使了个眼色。赵太太抬起头，一眼就看见在门外站着的梅子，立刻轰她走："大人说话，哪有小孩子听的份。去去去，该干什么干什么去。"

梅子没弄明白她们俩说的什么，她知道宋妈一定没给母亲说什么好话。宋妈走了以后，母亲把她叫到跟前，说："以后你少和那个周先生来往，听见没有？"

梅子说："为什么呀？您当初不是说他学识好，让我跟他多学着点。"

赵太太一撇嘴，说："学识好有什么用，还不是……"

说到这里，她突然想起了什么似的，说："小人家哪里有这么多为什么？去去去。"

周先生在屋子里坐在一个大木箱子前面。这个大木箱子在他搬进来的那天下午就送来了。连太太站在屋子的门口，叉着腰，样子很紧张："喔哟，轻一点轻一点的，这东西好贵的，弄坏了你们赔得起？这边这边，轻一点放。"从那天起，院子里就常常传来叮叮叮悦耳的声音。梅子想起来，她透过街角商店的玻璃橱窗，看到一个小小的盒子，那里面站着一个跳舞的女娃娃。她一跳起舞来，盒子里就传来这样的叮叮声。

他一定会变戏法，不然，为什么他只要把手放在那个木箱子上面，就会响起好听的叮叮声呢？梅子在这样的声音里看到小溪，它从山涧里流出来，在石头上撞击出悦耳的声响。她看到小鸟，看到树林里的小溪流。

他肯定会变戏法。梅子想。她想进去问一问周先生，究竟那些声音是从哪里飘出来的。赵太太的话还在她耳边飘着，这使她有点犹豫。周先生看到梅子，向她招着手说："梅子，来。"

梅子用手扶着门框站着，向院子里看了看，没人。她跑到院子门口，往胡同两头都瞧了瞧，也没人。宋妈和母亲不知道什么时候才会回来。应该不要紧的，周先生是好人。梅子想着，一蹦一跳地进了连太太的屋子。

周先生拍拍凳子，示意梅子坐下，自己也往椅子边上挪了挪。梅子坐下来，第一次看清了这个大木头箱子。箱子上面一黑一白的方块儿并排着，她真想伸手过去摸一摸。可是她想起连太太当时紧张的表情，又把手缩了回去。周先生似乎看穿了他的心思，抓住梅子的手，把它放到琴键上。"叮"的一声，木箱子就响了。梅子挺惊讶，觉得又惊又喜。她转过头去看周先生，周先生冲她笑了一笑。

周先生说："梅子，喜欢吗？"

梅子点点头，说："周先生，这是什么？"

周先生说："这是钢琴。这个叫琴键。梅子，我教你唱歌，好吗？"

梅子连忙着点头。周先生把手按在那些黑白的琴键上，于是就有一连串悠扬的音符从钢琴里飘了出来。周先生的手细细长长的，像是戏园子里戏子的手。他的手在黑白的琴键上来回地游走，接着就开始唱：

> 长亭外，
> 古道边，
> 芳草碧连天
> ……

梅子想起来了。每年小学校里欢送毕业生的时候，低年级的代表都要上去唱这首歌。梅子不太明白歌里唱的究竟是个什么意思，但是，一听歌的名字，她就觉得让人挺难过的。《送别》。是送行的时候才会唱的歌。说了再见以后，人们还会再相见吗？梅子常常这么想。

梅子听着，抬起头来，一眼看见宋妈和母亲有说有笑地从门外进来。她想起母亲的话，赶紧站起来往门外跑。周先生站起来，叫："梅子！"梅子也没来得及回头看一眼，直往院子里奔去了。

她快要跑到家门口的时候，被母亲一眼看见了。赵太太把手里的东西往地上一放，指着梅子的脑袋就骂开了："跟你说了多少回了，让你少去招惹那个什么周先生，你不听，你就是不听！"

宋妈在一旁帮腔道："赵小姐，您瞅瞅赵太太多不容易。我们这都是为您好。"

梅子鼓起眼睛看了宋妈一眼，一句话也没说，直接往屋里奔去。

梅子惦记着周先生那首没唱完的歌。母亲和宋妈一出去，她又往周先生那儿跑了。周先生的声音听起来暖洋洋的，就像是大雪初晴透出来的一缕温暖的阳光。

周先生平常里不太说话，对人很客气。但是梅子一来，他就像变了一个人。他告诉梅子家里还有几个跟梅子年纪相仿的弟妹，他多年在外读书，没有回去过。他说，他看到梅子就想起自己的妹妹。梅子听了，心里暖融融的。

梅子不知道宋妈又和母亲说了什么，但是她知道，宋妈嘴里就没过好话。

午后宋妈把母亲拽到一边儿去了，嘀嘀咕咕说个没完。梅子坐在连太太的屋子里，坐在周先生的旁边，清楚地看见宋妈那根又粗又短的手指不断地向自己的方向指过来。母亲的表情随着宋妈的话而不断变化着，最后，恶狠狠地瞪了梅子一眼。

梅子看着母亲的目光，心里凉飕飕的，顿时感觉一股凉气顺着脊梁骨蹿了上来，让她感觉脑门子发凉。她看见母亲的嘴上下翻动着，不知道她是不是想要对自己说些什么。梅子觉得有点害怕，往周先生身上靠了靠。

周先生转过头来说："梅子，你怎么啦？"

梅子还没来得及回答，就看见母亲怒气冲冲地推了门进来。周先生看到她，立刻站起来打招呼："赵太太。"

母亲瞪了梅子一眼，一把把她拽到自己身边，语气很不客气："周先生，我家姑娘还小得很，请你不要招惹她。"

梅子听了，羞得不行，赶紧拽了拽母亲的衣服，低低地喊了一句："妈！"

母亲一把甩开梅子的手，瞪了梅子一眼。周先生的表情有些慌乱。他的大眼睛此时看起来显得更大了，空洞洞的，表情像是一个无助的孩子。

母亲接着说道："周先生，梅子不懂事整天缠着你，是我没教好。您是有学识的人，您知道。"

周先生的表情很难堪，他咬着下嘴唇，脸色像一个重病的人。前年西屋里的孙老太太过世了，人们把她从屋里抬出去的时候，她的脸也是这么一个颜色，比梅子练习写大字的纸还要惨白。周先生说："赵太太，您是不是听了些什么，对我有些误会？梅子来这儿只是学学琴而已……"

他的话还没说完，就被母亲的咄咄逼人给打断了："周先生，小孩子家的不懂事，跟着您，她心都玩儿散了。我们孤儿寡母的不容易，将来我还指望着她呢。您配合配合我，让小妮子收收心。"

周先生深深地吸了一口气。梅子觉得他的眼睛里亮闪闪的，像是夏天胡同里被阳光照射着的玻璃碴子，发出破碎的光芒。他的额角湿了，有几滴汗顺着脸流下来，衬着他苍白的脸，让梅子觉得有些冷。

看着周先生的模样，梅子快要哭了。她觉得自己对不起周先生。

周先生冲母亲笑了笑，笑得挺僵硬。他说："赵太太，我明白您的意思。我配合您。"

母亲回给周先生一个轻蔑的笑容，用力捏住了梅子的手，说："我这儿谢谢您了，周先生。走。"说罢，她使劲儿拽着梅子往外走。梅子回过头来看周先生，这个时候他一个人站在钢琴旁边，手搭在琴键上。周先生冲她挤出了一个笑容，说："梅子，再见。"梅子觉得鼻子酸酸的，有什么东西一直冲着鼻子蹿上来。母亲拽着她的手像是一只巨大的钳子，把她的手夹得紧紧的，一刻也不放松。

回到家里，母亲嘭的一声把门关上。关门声震得梅子吓了一跳。母亲也不管还在屋里待着的宋妈，伸过手来指着梅子的额头，说："姑奶奶，你让我给你跪下啊？你可是不知道，外面都把咱家说成什么样子了。人言可畏，人言可畏，你不要脸，我还得在胡同里做人呢！"

梅子不说话，眼睛鼓鼓地看着母亲。母亲白了梅子一眼，说："你瞪什么眼啊？我告诉你，以后不许你到连太太家里去。你要是再往那儿去，留心我打折你的腿！"

宋妈上来劝母亲。梅子觉得她的表情有些幸灾乐祸。母亲为什么宁愿相信宋妈的话，也不愿意相信满腹学识的周先生呢？宋妈把母亲拽了过去，两人又低低地嘀咕开了。她们俩的声音嗡嗡地响着，像两只苍蝇。一只苍蝇嗡嗡地飞过来，直奔着梅子的脑袋钻了过来。嗡嗡，嗡嗡嗡。梅子觉得自己的脑子乱成了一片，就跟豆腐脑似的，被苍蝇这么一撞，全都散了。她觉得自己脑袋里传来了一声长响，像是烧开的水壶一样吱吱地叫了。她眼前一黑，向前倒了下去。

醒来的时候，梅子发现自己躺在床上。屋里的炉子上坐着一个小水壶，水要开了，突突直响。宋妈和母亲还在外面说着。梅子掀了被子从床上下来，用抹布包住水壶柄，把水壶从炉子上拿下来，放在桌上。她走到门前，听到母亲在外头向宋妈哭啼着诉苦："这孩子一点儿不叫我省心！您瞅瞅，我省吃俭用把她拉扯大，我容易吗我？她倒好，本事不大脾气还不小！"

宋妈说："这孩子也是，都这么大了，还一点儿也不懂事。都是为她好的。"

母亲说："您说说我这是图的什么？我上辈子造孽，这辈子就弄了这么一个冤家！"

宋妈说："赵太太，您也别太着急了。以后多看着点她就成。那个周先生不是什么好人，哎哟，他和连太太的那些事，我都不好意思说。"

梅子觉得宋妈真讨厌，成天在背后说别人长短。有本事到人家跟前说去呀。梅子想。她厌恶地从门口折回来。梅子坐到床上，轻轻推开窗。通过这扇窗子，梅子正好能看见连太太家里的厅。厅里摆着钢琴，周先生还坐在那里。他的脸上似乎没什么表情，细细长长的手指很机械地在琴键上滚动，像个木偶。他停了下来，站起身，合上了琴盖。那个木盒子紧紧地合上了。梅子觉得，有一扇门随着琴盖也关上了，光明被隔在了门外。

做饭的时候宋妈又来了。她向梅子走过来，讨好似的说："哎哟，瞧瞧我们赵小姐，模样一天比一天俊啦。"

"事儿妈。"梅子小声嘀咕，宋妈没听见。梅子白了宋妈一眼，带着毽子自个儿出去了。宋妈显然感到不满意，啐了一口，骂道："德行！"骂完了径直走进了赵太太的屋。

梅子拿着毽子走到门口，又折了回来。宋妈每次来都要说周先生的不是，这回不是又来编排他的吧？她想着，又悄悄地倚回到门口，想听听她和母亲说些什么。

"赵太太"，宋妈说，"你可得留心着点儿。咱这个院子里招贼。"

母亲显然没在意，说："宋妈，我们家您又不是不知道，没什么值钱东西。那贼子要是看上我们家了，那可是不运气。"

宋妈撇撇嘴，说："哎哟，话可不能这么说。小心点儿总是好的。"她说着，靠近母亲耳边，说，"我跟您实话说了吧，我去打听了，院子里这几家都没丢东西的。就我们家。"

母亲会意了，说："您的意思是……"

宋妈意味深长地点点头。

梅子一听，知道宋妈没有说下去的，还有母亲已经会意的那些话究竟是什么了。她果然是来编排周先生的！梅子这么想着，觉得很生气。哪儿有这么样的人，不说话别人也没把她当了哑巴，她怎么还整天吊着个舌头满处跑？梅子越想越生气，她决定去告诉周先生，让周先生来训训这事儿妈。

梅子想着，着急地往连太太的屋子里跑，可没成想，嘭地一下撞上个人，那人手里的包袱叮叮当当地撒了一地。梅子连忙抬起头来看，是周先生。她的脸刷地红了，赶紧说："周先生，对不起。"接着弯下腰去捡。

周先生看起来很慌张。他的额头上沁出了细细密密的汗珠。他的手有些抖，捡起来的首饰又掉地上了。梅子手脚麻利地帮着周先生捡，一边捡一边问道："周先生，你这是要干什么去呀？"

"我……对了，我姐姐要出门子，我给她寄点首饰过去。"周先生回答说。

"是要做新娘子啦。新娘子可漂亮啦。前些日子里胡同尾的苏家小姐做了新娘子了，胡同里可热闹了……"

周先生把掉在地上的首饰一把抓了包在包裹里，慌张地打断了梅子的话，说："梅子乖啊，我今天忙着，回来再教你唱歌，好吗？"

梅子觉得周先生有什么话藏着没说。她不知道该怎么问，只好点点头。等周先生出了门，她才想起来，宋妈那一状她还没告诉他呢。

一清早的时候，梅子就听见院子里闹哄哄的声音。梅子推开窗子去看，发现院子里的女人们都堆在了一处，当中自然少不了宋妈和母亲。连太太站在院子中央，双手叉着腰，嘴里骂骂咧咧，听不太清楚。周先生低着脑袋跪在一边。女人们把脑袋凑在一起，用手对着他指指点点。梅子心里沉了一下，赶紧穿了衣服从床上跳起来，跑到院子里去。

连太太一边指着周先生一边骂："日防夜防，家贼难防！我说家里怎么东西见少呢，就按着你这个偷法，我有多少家产也得给你拿光了！要不是赵太太……"连太太说着，一时气不过，把放在地上的包裹捡起来，猛地往周先生头上砸过去。包裹松开了，里面包着的细软全部落到了地上，发出叮叮的声音。

"哎哟……"院子里的女人们看了，不由得发出一声叹。

梅子从那群女人当中挤到前面去，一地的细软在阳光的照射下直晃人眼睛，那亮光像是把筷子放进了杯子里一般，折了一截。太阳照在周先生的脸上，他的脸在太阳光的照射下显得更惨白。周先生的表情显得很轻松，像是把一个很沉的包袱给放下了。

连太太接着喊，那声音，仿佛要全院子的人都知道："要不是人赵家太太来告诉我，我还逮不着你！你说，你到底往外搬了多少东西？你说！不说是吧，不说？好，好好，待会儿警署的人来了，有你受的！"

警署里来了人了。院子里又一片欷歔声。连太太怒气冲冲地对巡警说着话。巡警们把周先生绑了，架起来往外走。周先生回头看看梅子，说："梅子，再见。"

女人们听到周先生这么一说，把目光都集中在了梅子身上。她们意味深长地看着梅子，指指点点的。赵太太没想到有这么一出，使劲儿拽了一把梅子，示意她快回家。

"听说是连太太不给他钱，他才做的贼。"

"年纪轻轻的，做什么不好。唉……"

"我听说他家里有六个妹妹，他是老大，父亲死了，母亲又是病摊子……"

"穷也要穷得有骨气，您说是吧？"

"……"

院子里的女人们叽叽喳喳地议论着，仿佛什么都知道。梅子的脑袋里乱哄哄的，她跑过去，冲着那群女人大吼了一声："周先生是好人！"

赵太太一听见梅子的声音，顿时一脸的尴尬。她一边拽着梅子往屋里走，一边给屋外的女人赔着笑脸。梅子想要挣脱她，却觉得母亲的力量前所未有的大。她喊着："周先生是好人……"赵太太赶紧在她胳膊上狠狠扭了一把，硬是把她拽回了屋。

屋外的女人们说："多可怜的，还是个孩子……"

"就听说那个姓周的小子没被警署带走以前，赵太太的小妮子跟他走得特别近……"

"您瞅瞅，我当初说什么来着。小姑娘一生都毁喽……"

　　赵太太嘭地一下把门给摔上了。门外的女人的话仍然嗡嗡地从门缝里传进来。赵太太数落着梅子，梅子看着她的嘴张张合合，却也不知道她在说的是什么。她委屈地小声说："周先生是好人……"她不知道母亲听见没有。母亲仍然一副怒气冲冲的样子。显然，她没听见。

　　梅子想起周先生教她的《送别》，觉得那好像是周先生给她留的话：

　　　天之涯，

　　　地之角，

　　　知交半零落。

　　　一斛浊酒尽余欢，

　　　今宵别梦寒。

作者简介
FEIYANG

　　　徐筱雅，1987 年生于广西南宁。安静，畏生，不内向。写作不勤奋，灵感来时下笔流畅，灵感去时抓耳挠腮。读书不勤奋，经常由于书中人物名字太长而放弃阅读。（获第六、七届新概念作文大赛一等奖，第八届新概念作文大赛二等奖，第十届新概念作文大赛一等奖）

青颜——献给小M  ◎文/林培源

序章

我再一次站在石头坞广场，落日的余晖修饰了季节的容颜，浓妆淡抹。你的影子和我的影子重叠，夕阳将它们牢牢地印在地面。你知道吗？这个时候，心里泛起的幸福飘散在空气中的玉兰香气里，柔柔的，沁人心脾。想起在一起的种种，嘴角就会不经意地上扬。心里涂满了世上所有的蜜糖。

在世界中心呼唤爱，哪一年的流行语，我忘记了，只知道，这个时刻，不用呼唤，我们需要的只是彼此紧紧地相拥。十指相扣，心跳的频率起伏，恍惚间能感受到时间停止烦恼烟消的宁静。一旦开启了一扇通往另一个世界的门，便会一如既往地走下去，走下去，一直走到世界的尽头。

一

把时间拉回到相遇之前的岁月吧。应该是高三，在黑云压城城欲摧的时节，她趴在课桌上，摊开的笔记本上写满了密密麻麻的英语单词，蓝色的是摘抄下来的生词，红色的是音标和注解。每天都强打着精神上课，时

间被挤压在一个小小的空间里，望不到尽头。往昔道听途说的那些关于高三黑暗岁月如何残酷如何枯燥的言辞，在被现实映照之后显得空洞无力。她记得高二结束的那天，她一个人坐公车回到亲戚家，书包里放着一本硬壳笔记本，笔已经握在手里。忐忑不安地敲了门，开门的是表姐。刚刚胆战心惊地走过了高考的独木桥，枪林弹雨避过了，脸上显出来的，是那种久经沙场后凯旋的表情。表姐刚睡醒，她下意识地看了看手表，已经是中午十二点了。如此冗长的睡眠对她来说根本就是奢侈。自是心生羡慕。

表姐，我……想跟你取下经，我高三了。

是"我高三了"而不是"我要高三了"，潜意识里她已经将自己划入了那个秣马厉兵的队伍里。摩拳擦掌，要窥视未来，企图描绘出一幅清晰可见的蓝图。

表姐的反应似乎无动于衷。"高三"这个压缩了无数人悲喜的词在她听来，不过是云淡风轻的过往。表姐打了个呵欠，头发有些散乱。她懒懒地说：进来吧。

她觉得自己的鲁莽是个错误。往后真的来到了高三，才觉得表姐那些具有高度概括性的所谓经验简直就是空中楼阁。她听着表姐说"语文的话呢，多读多记就行了"、"数学呢，做题之后要总结，最好准备错题集"，诸如此类的话，以一个过来人的身份讲出来，她听得津津有味，偶尔眉头微微蹙起。随后又提笔在本子上刷刷地记下来。所以再一次和朋友说起这件事的时候，她除了笑自己天真之外，便没有其他的想法了。

生活的这座城市，从来不下雪。丰腴的珠江绕城而过。听的不是吴侬软语亦非京腔京调。小时候，渴念的是长大后到一个有雪的地方。需要张开怀抱去抚摸从天而降的雪花。将一个冬季揽入怀。

你说，以后我们会去武汉大学的吧？

你说武大？

嗯。听说那里每到四月樱花盛开，很漂亮。

她犹然记得的，是被时间过滤之后残余在记忆里，关于高中时候对理想大学的零碎向往。这些零落的美好祈望，被折叠成纸飞机，轻易就划过了那时的天空。

有一段时间，她着迷一样在学校的图书馆查找资料。为的只是从字里行间得到关于武汉，关于樱花的描述。遗憾的是一无所获。偌大一个图书馆，居然找不到有用的信息。

气死人了，还好意思叫"图书馆"呢。

本来就不成气候嘛，何必生气呢，来来来，顺顺气哦。

同桌对她笑，露出好看的酒窝。她便抿着嘴，也朝她抛出一个好看的笑容。

后来还是在自修的时候借用了老师的电脑，百度搜索了一下，拉出来一堆让人眼花缭乱的字句：

> 武汉大学的樱花开了吗？
> 3月28号去武汉大学看樱花能看到吗？
> 武汉大学看樱花的具体地名是哪个地方，叫什么路啊？
> ……

然后看到的是关于武大里樱花盛开的景象。亭台楼阁，疏影横斜。粉红的，那种能让人坠入无限想象的颜色。像是婴孩的肤色，嫩嫩的，忍不住想要伸出手去抚摸。樱花树下有恋人相携着走过，风吹来，漫天飞舞的粉红像一场无端邂逅的落雨。淋在路人的身上，也淋在小M的身上。

心里的那个纯粹的梦就是这个时候栽下的吧。落地生根，然后枝丫道劲地向上生长。勃发得似乎要把愿望的苍穹刺穿。

夜修。和同桌趴在课桌上，脸贴着桌面，彼此对望，小女生之间的默契，心知肚明。她说，以后我们一起考去武大吧，然后找个"武大郎"把自己嫁了。

同桌被她的想法逗乐了，扑哧一声笑出来：你真花痴。

你才花痴呢。

如果这个世上有一种说法真的叫人面兽心的话，那么，小 M 一定会用它来形容可恶的教务处主任。不是他行为多么不符合他为人师表的形象，而是他很可恶，虽然找不出一个冠冕堂皇的理由来。觉得他唯一的罪行便是，在自习课上没收了小 M 的 MP3。小 M 说光是这一条罪行，按照古代的刑法，该将他施以炮烙、五马分尸、凌迟外加清朝十大酷刑。那个 MP3 是生日时亲爱的姐姐送的，Sony，里面装满的不仅是她喜欢的歌，更多的是高三时月的慰藉。许多个夜里，她就是这么枕着音乐入睡的。不管 MP3 里的歌曲如何更换，有一首歌是不会消失的，就像是固守着的一个青涩的梦。杨千嬅，《少女的祈祷》。

> 沿途与他车厢中私奔般恋爱
> 再挤逼都不放开
> 祈求在路上没任何的阻碍
> 令愉快旅程变悲哀
> ……

现在，可恶的主任剥夺了她听音乐的权利，虽然冠之以"学校规定，夜修时间禁止听 MP3"这样冠冕堂皇的理由。可是，习惯怎么能够被剥夺？

那晚，是小 M 有史以来第一次和主任软磨硬泡。好话说了一箩筐。最后这个冷面的主任似乎动了心，居然网开一面，丢下一句"下不为例"便背着手走开了。小 M 在他走后朝同桌摆出 V 字。又朝主任的背影做了一个鬼脸。

少女的祈祷，祈祷的究竟是什么？小 M 知道，仅仅是一个梦罢了。将它珍藏在心底，从来不与别人分享。高三，我们无权谈情，又何来说爱。不敢涉足的那片森林，曲径通幽处，禅房花木深。佛曰：不可说不可说。每次同桌问她，有没有喜欢的人，她总是如此回答。装出一副高深莫测的样子。

爱情是一棵开花的树。固执想要的，是执子之手与子偕老的厮守。对于心里的那个人，她隐约觉得，他在等她，在未来某个拐角处，等她。高一的时候，明晓溪当红，每天班里都有女生议论纷纷，关于《泡沫之夏》的种种。以往，对于这种欺骗少女眼泪的文字，她是不屑一顾的，所以打心底鄙视那些终日沉浸在韩剧和少女杂志里的女生们。钟情的，还是寄托在古典文字里的意境。一本《红楼梦》翻来覆去也看了好几遍。也喜欢写诗，但自己写下的，往往一时欣喜，爱不释手，过后便将它们丢弃在垃圾桶里了。时常念叨起的，是郑愁予的那首《错误》：

> 我打江南走过
> 那等在季节里的容颜如莲花的开落
> 东风不来三月的柳絮不飞
> 你的心如小小的寂寞的城
> 恰若青石的街道向晚跫音不响
> 三月的春帷不揭你的心是小小的窗扉紧掩
> 我哒哒的马蹄是美丽的错误
> 我不是归人是个过客

然后开始勾画，关于江南水乡，烟雨朦胧的季节，阳春三月，翘首以盼的深闺女人。过尽千帆皆不是。斜晖脉脉水悠悠。波光粼粼的湖面。良人何时归？

而她万万没有想到，一年之后，自己会喜欢上明晓溪、亦舒、张小娴她们的文字。将此般文字奉若恋爱圣经，头脑里勾勒出一幅恋爱图景——大概是蛰伏已久的少女情怀鬼鬼作祟吧。

二

让我们把镜头切换到另一边吧。

隔着看不见的城市和山川，你可以看到坐在凤凰花开的时节里一脸疲倦的少年。北回归线上，每年夏至，太阳直射这个地方。那时候他会抬头看看天空，那个巨大的火球给予世界光和热。木棉树，凤凰花，以及许多他叫不出名字的植株，它们长得很高，枝丫高得能穿透穹顶。每天，都会听到飞机轰隆隆飞过头顶的天空。蓝蓝的天穹会留下纵横交错的长长的带子，白色的，棉花糖那样的颜色。

喜欢阅读和写字，自诩为痴迷文字的孩子。会在书包里放一本书，有时候是《十月的孩子》，有时候是《百年孤独》。但大部分时候只是偶尔翻阅，不曾进行系统性的阅读。

要梳理这个人纷乱错杂的成长轨迹，需要很大的勇气。如果非要找出一个界限来划分成长的阶段，最简单的莫过于"小学——初中——高中"，至于大学，因为还是进行时，所以忽略不计。

而要在这几个时间段里加上注解，那我想，最恰当莫过于如下的阐述：

小学，好好学习天天向上，不知道情为何物。

初中，学习成绩很好，很乖，学生会主席，青涩情感冒出头然后掐死在萌芽状态。

高中，班长，读书写作两不误，喜欢的人不喜欢他不喜欢的偏偏又喜欢他。

就是这么一个从小到大都活在宠爱里的少年。带着些许的自傲，偶尔的曲高和寡。骨子里弥漫的那股忧伤，渗入了成长的每一个缝隙，难以弥补的，细小的缝隙。

关于喜欢的那个女生，曾经像是枝繁叶茂的植株，扎根在青涩年月里，挥之不去。曾经飞蛾扑火般地付出，用尽年少的热情去浇灌。以为整个世界，弱水三千。倘若换作现在，冠以"单相思"、"暗恋"这样的名分也就一笔带过了。但心中的隐痛却时常像针，扎得生疼。所以筑了一堵高墙，将整颗心囚禁起来，让自己忙碌，似疯狂旋转的陀螺—因为这样，我就可以慢慢忘记你了。

那是接近自我凌迟的惩罚。对一个人的喜欢，如今却要强忍着割舍下来，那种疼痛仿若割下手上的一块肉，没有麻醉药，彻头彻尾，撕心裂肺。

关于喜欢他的那个人，邂逅在高三岁月，空气都逼仄的时节。相隔着一条走廊的距离，不远不近，但这其中隔着的，是时间的巨大沟壑，铺天盖地的习题和狂轰滥炸的考试埋葬其中。这些压力，怕是高一无法体会的吧。所以他才会说，我们不合适。

她不依不饶。用尽全力对他好，为他，早早起床，只为了买一份麦当劳的早餐，然后在他经过教室门口的时候塞给他。也曾在收到他接二连三铁石心肠的短信时候潸然泪下。我想，你无法理解吧，女孩子身上那种炽烈得可以灼伤整个青春的火焰。为爱痴狂，粉身碎骨，无所畏惧。

可是他怕，怕重蹈覆辙，怕那种锥心刺骨的遗憾。一面是横亘在眼前，迫在眉睫的高考，一面是挥之不去纠缠不清的爱恋。左右为难，举步维艰。

心底积满了灰烬，即使靠近火焰，也无法复燃。

而后，纠缠了，反反复复。落得一个兄妹相称的结局。但彼此在心底留下的刻骨铭心，可以刺穿青春的穹顶。

以如此潦草的方式回溯他的过往。将那些庞大到足以淹没洪荒的情节压缩，再压缩，会有难以承受的重量，铺天盖地。或许只能这样，残留在心里的痕迹无法梳理，任凭时间给它蒙上灰尘。然后慢慢淡忘。

和死党插科打诨。忽而聊到如此的话题。死党故作深沉地说，上帝是公平的。鱼与熊掌，不可兼得。你看你其他方面走得如此顺利，感情受点挫折在所难免啦。

是这样吗？真的要舍弃可以温暖青春的那撮火苗，去换取更加巨大的光荣？

在他顶着一个巨大的光环出现在你的面前时，我想，你不会像那些师弟师妹一样，带着无比崇拜的姿态。你只是静静地观看着他，偶然想到了被人推上舞台的技艺生疏的演员。露出僵硬的笑容，举手投足之间，看不出半点自然。

就是这么一个人，当越来越多的人说，我喜欢你的文字，他有些不知所措。水深火热的高三岁月，遭受一个又一个突如其来的惊喜。需要学习的，是不以物喜不以己悲。

于是也就慢慢淡忘掉所谓的虚幻的光环，依然每天三点一线。下了课和同桌冲到食堂，在浴室洗澡时高歌一曲，借以发泄心中累积的郁闷。

然而，依然有什么——

依然有什么是无法忘怀的。有一次难过得无法自持。会突然间脆弱得像个孩子，对前途一片迷惘。众口铄金的，关于那一届文科生处于多么不利的位置。不去相信这些蛊惑人心的话，依然每天每天踩着晨曦醒来，晨读，背诵，复习，预习，填写一张又一张试卷。将所有时间塞满，以此获得心安理得的满足感。突然间就醒来了，望着窗外，漆黑一片的楼道。拐角处透出的灯光。不用推开门，他就知道，这个时候，依旧有人站在楼梯口等下，捧着书，熬夜，所谓的开夜车。他自是不会进行这样的煎熬。抗拒那些头悬梁锥刺股的读书方式。内心充满披荆斩棘的勇气，却害怕失足后巨大的沮丧和空虚。对铺的男生叫了他一声，黑暗中，很轻微的声音。他走近。靠着他的床铺。

怎么还不睡？

我一直没睡，看你醒了，也想起来。

我们到外面聊吧。

是燥热的夏天夜晚。走廊上有微弱的风吹过来。彼此都光着上身，没有蚊子叮咬。两个人趴在栏杆上。朦胧中可以看到彼此的骨骼，有凌厉的线条。俯视楼下，花坛在黑暗中只剩下模糊不清的轮廓。再望过去，是公共浴室，一间间并排伫立。

高二的时候排队洗澡，等到花儿也谢了。

嗯。没想到现在就高三了。

岁月催人老嘛，哦，对了，你跟那个女生怎样了？

哪个女生？

就是那个呀，除了她还有谁？

对铺没有回答。这个有着灿烂笑容的男生陷入了沉默。他拍着他的肩膀，小宇，顺其自然吧。

现在，最讨厌的成语便是"顺其自然"。老子那套无为而治的理论被他批得一无是处。初中时代，为了一段未竟的旅途，投入了整个年少的情感。那时候觉得自己是一座活火山。喷出炽热的岩浆，灼烧了整个世界。喜欢的那个人，他叫她晴。隔着一条长长的江。那个时候QQ还没有流行，通信工具也没有现在那么发达。一段时间班里流行交笔友。只是因为好奇，便抄了同学给的一个地址，写了一封自认为文采飞扬的信。跨过那条江。抵达某个从没有去过的角落。落在她手中。不承想她真回了信，信里她说，文采不错，所以不忍将信丢进垃圾桶里。然后开始了你一封我一封的写信生涯。时间被切割成收信和寄信之间的段落。延伸开去，便是一场场字里行间的美丽表演。他挥斥方遒，几度夕阳，风华正茂。

小学时代，这么一个好好学习天天向上的学生，并不知情窦初开为何物。不曾想过，哪一天自己也会被俘获，成了年少情感懵懂的奴隶，自此，陷入了巨大的泥淖里，不能自拔。那一天收到晴的信，觉得内有乾坤，于是迫不及待地拆开来。是她寄来的照片。然后他就像是被施了定身术一样愣愣地站在原地。怎么可以这么漂亮呢，漂亮到让他迷失了魂窍。他知道那一刻，便是所谓的一见钟情了。然后向着心里某个模糊却清晰的方向艰难地跋涉。

那时候他和她还没有手机。每个周六晚用固定电话打给她，聊的都是一些鸡毛蒜皮的事情。从彼此的星座一直聊到喜欢的食物，学校的环境。可是他喜欢，乐此不疲。原因很简单，他喜欢听她的声音，轻柔的，不做作，不是莺声燕语却胜似莺声燕语。每一次打电话之前都会心跳加速，想象着她接电话的表情，然后调整自己的声调，安排好每一句话，努力不让对话中断。那时候不敢当着家人的面打电话，于是躲在自己的房间里，用固话的分机打给晴。长途，他感谢越来越发达的通信工具。一次她生日，他计算好时间给她快递了亲手做的相框。你能想象一个男生拿着裁纸刀，小心翼翼地制作一个相框的样子吗？必定需要很大的耐心，测量好纸板的尺寸，一块一块裁好，用漂亮的包装纸包好，然后用双面胶粘好。留出来的空间恰好可以放上一张照片。

提前两天寄给她，到她生日那天便可拿到礼物了。那晚恰好是周六，他打电话给她，用录音机播放一首歌给她，作为生日的祝福。你一定猜不到他的用意吧，这个傻瓜假托生日祝福，向她表明心迹。因为那首歌，是邱泽的《你知道我爱你》。《雪地里的星星》的主题曲。

听到她在电话那头的笑声，心里便像是激起千层浪一般。翻滚着整个青春的撕心裂肺。

如今时间过了这么久，他还是熟记这首歌的旋律和歌词。只是现在，他已经不会再唱起了。

很多时候，和朋友谈起这一段经历，会在重复的讲述中慢慢稀释掉浓稠的悲伤。那晚和小宇站在走廊上，也像互诉衷肠一样，各自讲起了心里掩埋的秘密。小宇喜欢的那个女生，所谓的感情只是在虚拟的土壤里培养，看不到开花看不到结果，只有缓慢的生长的过程依稀可见。两个人的教室在同一层楼，而偶尔擦身而过，点头算是打过招呼，然后便是"形同陌路"。这样比柏拉图还要柏拉图的微妙爱情——如果可以称得上爱情的话。小宇说，每个星期六晚上都会和她发短信，喜欢猜测字里行间的用意，连一个小小的标点符号都不肯放过，人从此变得小心翼翼，同时也变得多疑起来。这是如此熟悉的情节，在时空进行了天翻地覆的转换之后，抛给他的是重叠的影像，像一张巨大的网，覆盖了他的所有的感伤和喜悦。

好像不久之前，他也做着这样的事情。在虚拟的世界里，冥想着另一个人，巧笑倩兮，顾盼生辉。

三

亲爱的小 M，如果你看到这个故事，我想你一定觉得很心酸。你的 QQ 签名—是你唤醒我，努力才能被爱慕。是什么时候，也曾经以这样的标准要求自己。希望让喜欢的那个人看到自己最好的一面。努力写文，每一次一气呵成写在草稿纸上的文字，会工工整整地抄写一遍然后寄给她。然后开始日复一日的期待。等不到信的时候会萌发炸了中国邮政的冲动想法。而没有想到，若干年后，这么一个习惯驻扎在心里。根深蒂固。枝繁叶茂。

一切都是缘分吧，他一直这么觉得。勉强没有幸福。人在经历了一番痛彻心扉的打击之后便会慢慢变成一个现实主义者。和晴认识了四年，从初二到高二，期间只见过四面。最后一次见面，和她在 KFC 里，之前被他的兄弟们怂恿，必须抓住时机表明心迹，成也罢败也罢，至少不会留下终身的遗憾。那时候是学校九十周年校庆，恰逢五一放假。他邀她过来。为此撇下班里的人，和她坐在台下看晚会。人头攒动，气氛热烈。和她并肩坐着，第一次靠得这么近，侧脸可以看到她的眼睛，那种明亮到似乎装满了星星的眼睛。那晚，她寄宿在一个女同学家里。至今他仍然感激，她对他如此的信任，心有灵犀，却无法擦出任何火花。

徒留他一个人声嘶力竭地表演。独角戏。

他年少的第一次表白，并不是"我喜欢你"，而是"我希望我们的故事能够在将来完成"。给这句话加上一个前缀，那便是，他为她写的一篇《未完成的故事》。他真正开始文字生涯时候写下的文字，真真切切，似乎每一个字都椎心泣血。

说出那句话，心跳快得要跳出喉咙来了。像是买了赌注等待胜负的赌徒，害怕还有期待，盛满在他的胸腔里，逼得他紧张兮兮，不敢看她的眼睛。低着头喝蔬菜汤。希望那一刻整个世界的声音都消失，只剩下她一句"嗯"。

她只是微笑，给他一个浅浅的微笑，然后留下一句"对不起，我一直在等另一个人"。风轻云淡，自然得好像踩了别人的脚然后说一句："对不起，你没事吧？"

或许如此优秀的女孩子，生活里不乏这样拒绝别人的情节吧，司空见惯？习以为常？这些他都不管了，话音刚落，他的眼泪就差点飙出来落到汤里面。气氛变得无比尴尬，他转移话题。几分钟后，她起身告别，她说，我应该回去了。

是诀别还是宣判？他只是觉得世界末日离他那么近，阳光扭曲了照射的路线，全都拐到了地球的另一边。看着她坐上回程的车。心里满是落寞的感觉，那种感觉比考试得了鸭蛋还难受。他靠着车窗，低头沉默，车里喧闹一片，但是他什么都听不见了，耳朵里尽是那句："对不起，我一直在等另一个人……"

对不起，我也在等一个人，可是，那个人，分明就是你啊！

那一晚在学校的体育馆。草坪，头顶是墨蓝的夜空。这里的天空总是这么浑浊，但那晚确实是难得一见的晴空。天空有着不同往日的洁净的墨蓝。彼时他和小M刚打完乒乓球，不约而同想要找个地方聊聊天。席地而坐，风沿着体育馆的落地窗吹过，吹在身上凉凉的。他用手机放歌，是他极其喜欢的几个女歌手。曹方，陈绮贞，戴佩妮。

低吟浅唱，微妙的气息弥漫周遭。小 M 拍拍他的肩膀，我可以躺下来吗？他回过头朝她微笑。

像安妮笔下两个不知时日长久的小孩。他们并排躺在柔软的草地上，头顶是被城市灯火照得半亮的天空。漫无边际地聊天，她说起家乡的一草一木，讲起爸爸妈妈，讲起高中岁月难以忘怀的片段，讲起她对武汉的向往。他静静地听，偶尔回应她的话。也不怕经过草坪的人带着疑惑的眼神看他们，只是这样并排躺着。他拿新近写成的一个散文，打印出来给她看，是写给一个朋友的文字，却将她看得眼眶湿润。曹方的声音辽阔高远，她唱：

> 谁能给我无限辽阔
> 张望天空空空空如我
> 告别异乡孤独的壳
> 两个人微笑着
> ……

末了，男生讲起他的年少过往，讲起那些弥漫了一整个青春岁月的感伤情节。他的声音轻轻的，像是磨砂过一般。但讲的每一句话，都丝丝入扣。小 M 聆听身边这个男生，这些被他先前忽略不谈的细节，在这一刻揭开了本来的面目。就像漂浮在大洋上逐渐露出主体的冰山。她闭上眼睛，想象发生在他身上的，戏剧一般的传奇。

他说，那天小 M 和另外女生问起他的感情，他只是简单一笔带过。

小 M 纠正他，我可没有那么八卦哦，都是她们在问。

彼时他接受三个女生的采访，在学校某杂志社的办公室里。上午，阳光很好，办公室里通透明亮。小 M 话并不多，不像是一个训练有素的记者。她握着笔，趴在办公桌上记下他说的话，很仔细地写着。说话的时候声音细细的，偶尔抬起头来发问，小 M 说，我到网上搜了你的资料和小说。

那是他第一次看见她，竟觉得这样的女生似曾相识。他回应，你还真是敬业呀。

漫长的采访一直持续到中午。期间小 M 的包不小心掉在地上，他弯下腰帮她捡起来，替她拍去上面的灰尘。书包上一个中国结的挂饰，甚是惹眼。

原来，你也是有故事的人。她说。

嗯，不过这些都过去了，现在想来，那时都是孩子罢了。

那一天，他如此将自己的青春年少过滤了一遍，竟也觉得心中的块垒在瞬间分崩离析了。

风轻云淡，像云朵掠过天空。但小 M 知道，那段徒劳的暗恋带给他的，无止境的影子。所有的感伤情绪融化在文字里，躲不开。小 M 说，你看，都快把我弄哭了。

别，别哭，我最怕女孩子哭了。

他确实是看见她眼里闪闪烁烁的，但那究竟是不是眼泪，他不知道。他坐起来，拍拍身上的草屑，对小 M 说，我们走吧。

从体育馆往宿舍区，是一条长长的林荫道，左手边长满了杜鹃，粉红色的杜鹃沿路盛开。混淆了夜晚昏黄的灯光。一路风漫过来，鼓起他的白衬衣。低头，才发现小 M 已经将手轻轻地放在他的腰际，很轻地，搭着他。那一刻，他有些尴尬，因为以前载过别的女生，从来没有一个人搭着他的腰，但他却没有说什么，只是觉得，这样的感觉陌生而熟悉，是从没有过的，能够让心情轻舞飞扬的感觉。

他下意识低了头，看见她的手，不由得放慢了骑车的速度。

在此之前，小 M 是见过他的。大一上学期，学院举办的活动，与学校领导谈论诗歌。彼时他从众多面试者中脱颖而出，作为学生嘉宾之一参与活动。活动举办当晚，她作为观众，坐在台下，看他谈笑风生，全然没有半点怯场。偶尔一两句幽默，引发台下的观众阵阵笑声。

那是她第一次看见他。当时会猜想，这个男生究竟是谁，看见他瘦削的半个身体陷在沙发上。他抿嘴的样子，他眉毛上扬的样子，回答主持人提问的时候会适时打起太极。只是那个口齿伶俐的可爱主持人，为什么只提问他一个学生呢？在场的另外三个学生代表全都给忽略了。

之后隔了大半个学期，第二学期开学不久。她和室友在食堂吃早餐。室友和他原本认识，见了面，打招呼。后来小M和他谈起这件事情，她说，你知道吗，那时我背对着你，然后看见你像漂移过去，心里就想，这个人怎么连走路都这么匆忙呢。

他咧嘴傻傻地笑了。

——这是她第二次见他。可在此之前，他并没有注意到她的存在。

小M说，虽然那时我们似乎没有交集，但我就觉得我会让你知道我是谁的。

这么说，采访我你也是图谋不轨喽？

你还敢说！打你呢！说完小M举起手朝他胳膊拍了过去，男生故意装出一副痛苦的表情，但心里却是甜蜜，心甘情愿被打。

这些对话，发生在他们交往之后的第四天。距离他第一次看见小M，已经过去了整整一个月。

这期间，被空出来的那些时光，被彼此繁忙的学业和工作填得满满当当。也没有想太多事情，每天像陀螺一样旋转。认为爱情离自己遥不可及。却没有想到，真的在拐角处，遇见了所要遇见的那个人。这个人不是过客，而是归人。

想想就觉得神奇，缘分不是用科学原理可以证明的，因爱情本身就是神秘的不解之谜。如果用太多的理性成分去剖析他，那么便会丧失了原始的美丽。

和小M有更多的交集，是在采访结束后的补充材料环节。每一次他们需要材料的时候，不知道为什么，他首先想到的就是发给小M。或许就因为那天小M说的，她上网去搜索他的资料和文字。对于他写的小说能够娓娓道来，讲的一些见解也契合他的创作意图。所以他潜意识里，觉得应该发给小M。采访结束后互相交换了手机号码和QQ。

他在她递过来的本子上写下来，递给她，她回应他一个浅浅的笑容。就是那天，她对他说，以后可以叫我小 M。

而他又怎会想到，一个月后，她会成为他女朋友呢？

四

我们熟知的那些情节：关于年少羞涩表白和接受，或者拒绝，许多被我们理想化，将它们雕琢成精致的文字写在印刷品上，引发情感的懵懂和若有若无的幻想。他们像是膨胀的气球一样，慢慢升腾，在升到某一点的时候却突然爆炸。

一段时间，他强烈地感受到了何为"盛名之累"。顿觉得张爱玲的"出名要趁早"是一句极其错误的名言，误导了那么多有才华的青少年。生怕被所谓的光环掩盖了真实的自我。那些所谓的采访不过是一次目的性明确的闲聊罢了。他这么想着，同时也为随之而来的那些约稿所困扰。表达的强烈欲望以及压在身上的无形力量使得他左右为难。高处不胜寒。苏东坡一千年前就给他指了出来。

不知为何，有几日，他整日整日无精打采，想要找个人倾诉。不知怎的，第一个就想到了她，尽管认识不久。但他觉得，他可以和她讲这些话，拿出电话之后却开始犹豫了，这样做会不会太冒昧了一点？试图让这种念头去掉，却徒劳无功。最终还是装作询问采访稿写得如何，打了一通电话给她。然后漫无边际地聊开来。她是说惯了粤语的人，讲起普通话来咬字并非特别清晰。他无法讲一口地道的粤语，只能听，所以需要很用心才能清楚她讲的每一句话每一个字。她的声音带着孩子气。即使讲的一些话都是关乎学习或者工作上的抱怨。但他并不介意，唠唠叨叨讲了一通，挂了电话之后，忽然发现心情莫名其妙地好起来了。

后来，他陪她去上哲学课。哲学老师讲到苏格拉底临死前喝下的毒药。他的安然离去，意味着身体和灵魂得到净化。老师讲，语言也是一种药，有的可以起死回生，有的可以置人死地。如此一来，小 M

的话也有治疗的功能吧，不然，心中的烦闷何以一扫而空？

有一次，他和几个死党在校外吃夜宵，喝了许多酒，那段时间积聚的烦闷全都爆发了。他发短信给她，说他喝了酒，有些头晕，末了，在短信里补充一句，我抽烟了，拙劣的姿态。

她回短信，怎么了，干吗喝酒？居然还抽烟……

那一晚她心情也不是很好，但那时候她是惊讶的，这个在她的想象里应该是滴酒不沾的男生原来也是食人间烟火的。但惊讶过后便是释然，每个人都有自己的烦恼。就像每个人都有自己的影子。

隔了一两天，她才跟她说自己心情不好的原因。电话里，他听着她的故事。小 M 说，我心情不好，是因为班里有个男生跟我表白了。

那你答应他了没有？

我当时就在电话里直接对他说，可是我觉得我不喜欢你。

小 M 说，我觉得喜欢就是喜欢不喜欢就是不喜欢，我既然对他没有感觉那我只能拒绝他了。

他知道，这样的女孩子必定会有人想要去疼他的。听她讲到"班里有个男生跟我表白了"居然心头会一惊，这是怎么了？莫非……他没有往下想。只是突然间觉得自己是个卑鄙的小人。

牵肠挂肚。不知道为什么，想起她讲述的故事，知道她心情不好的原因，突然萌发要保护她的冲动。那晚很晚了，他睡不着，越到深夜精神越加亢奋。心里反复响起的，都是小 M 的声音，一个单纯的孩子。他似乎被迷了心窍，居然发去这样的短信：如果我说，向你表白的那个人是我，那你怎么办？我是说如果哦。嘿嘿。

这样半开玩笑半试探性的提问。他觉得处理得很巧妙。起先小 M 并不知道他为何发这样的短信来，以为他只是开玩笑罢了，但心底更希望这不是玩笑。

于是她回她十五个字：我的感想是，至少我们没有擦肩而过。

之后不久，便是和她去打乒乓球的事情。时间在绕了这么大的一圈之后，慢慢回到了故事的起点。这样一个故事，开始，发展，并没有所谓的高潮。我需要做的，便是将疏散在时间沙盘里的零散零件组装起来。

她生日前一天晚上，打了电话约他在学校里的办公楼下见面。彼时他上完课。接到她电话，便匆匆赶往约定地点。而后两个人在小道上漫步。空气中飘浮着难以用语言描述的气氛。她和他靠得很近。他有预感今晚会有不寻常的事情发生，但是好是坏，他无法料到，但在潜意识里，他相信，今晚，好运会降临到他头上。

并肩走了一段。小 M 停了下来，她说，有些话我想了很久，觉得应该和你说明白。

嗯，你说吧，我听着。

然后是短暂的沉默。小 M 好像在想事情。

冷不丁她突然问他，你不觉得……我们这样很暧昧吗？

他也不迟疑，回答道，是的，我也这么觉得。那你……究竟想说什么？

他自是明白，这样一句话，既是询问，也是刺激她。

然后又是沉默。绕过了小道，走上人工湖边的小路。他说，我们找个地方坐下吧。这个校园里，适合谈恋爱的地方数不胜数。人工湖成了恋人们的首选之地。他和她坐在石阶上，顺着石阶下去，便是一池倒映着灯光的湖水。石阶两边种满了修建得齐整的植物。叫不出名字。抬眼望去，可以看到三三两两携手散步或者相拥的情侣。

他说，我们在这里会不会打扰到别人了？

她没有回答。却说，我知道我不该这样想的，我的室友总是说我，净做一些让别人误会的事情。

你说的是打乒乓球的事情？没事的，我不会误会就是了。

她侧过脸看他，然后又转过头。莫名其妙，觉得这样的氛围有些撩人。

他和她靠得很近。身后的路灯照射在他们身上，两个人的影子贴着石阶，折了一个弯便向下拐落去。

她深呼吸了。然后用很快的速度说了一句，我想问你，你喜不喜欢我？

他真真吓了一跳，没有想到最先开口的还是她。他略微侧过脸，看着她的眼睛，然后点点头，嗯，我喜欢你。

这样一句话，或许她等了好久。她闭上眼睛，跟他说话，你知道吗，我现在有点晕眩。

那你……喜不喜欢我？

她睁开眼睛了，手抬了起来，偏转过头，然后说，我想，我也是喜欢你的。

他突然觉得，小 M 的侧脸很好看。她的眼睛，充满了不自觉的清爽的笑意。

一时间，仿若换了天地。世界从此云淡风轻。天空高远，月光倾斜。还是会心跳加速，还是会小鹿乱撞。觉得说的这些话，尽管在头脑里曾经想过一千遍一万遍，尽管已经在五花八门的电视剧上，在满大街泛滥的言情小说上看过，可是，当它们被喜欢的那个人亲口说出来，当它们毫无装饰地传到你的耳朵，你的心里，还是会感受到起伏的波澜，感受到彼此的呼吸，急促不安。

心中的疑虑落地，能够听到铿锵有力的声音。

他还是牵起了她的手。小小的，温暖的手。

这样子，就算是在一起了。执子之手，与子偕老，以前他觉得这是古人荒谬可笑的爱情观。但是那一刻他真的感觉到，弥漫在身体里的，充满了鸦片一般的灵魂的激颤。手心里传递的温度，可以将即将到来的炎夏燃烧起来。

在一起的第一晚，他牵着她，绕过人工湖边的小道。这是他自大学以来，第一次牵着女生的手。小道上并没有多少人，路灯将他们两个人的影子投射在路面上。心底想的，是希望这样一条路可以一直延续下去，没有尽头。

他说，以后人多的话我就不敢牵你了。她笑了，点头，回答他，嗯。

每次小 M 说这个字的时候，总伴随着轻轻点头的动作，嘴唇抿着。他喜欢"嗯"这样一个音节，喃喃的，带着女孩子特有的娇嗔。信誓旦旦的感觉。

隔天便是她的生日，那晚，同学邀她一起去通宵，唱 K。她犹豫了一下，最终还是去了。

生日那晚上，十二点，他打电话给她，在电话里跟她道生日快乐。电话里，可以听到那边的热闹，朋友们催促着她挂掉电话吹蜡烛。

这是她上大学以来过的第一个生日。后来他问，你知道你生日收到最大的礼物是什么吗？

她说，我可不知道哦。

还装不知道，我已经把自己打包送给你做礼物啦。

真到了她生日那天，他们一起出去校外，在"蒸功夫"里，他送她一本书还有一条和他自己配对的手绳——他的潜台词便是，我要用绳子把你拴住。他是个不会准备生日礼物的人，每一次朋友生日，他都会在送什么礼物这个问题上纠结很久。

这是他们正式交往的第一天。对坐，她总是面带微笑。她说，以前她几乎都没有怎么过过生日。这一次也是同学张罗着给她买蛋糕，给她过生日。

其实这样就很幸福了。他给她讲起自己在大学过的第一个生日。讲起最近的生活状态。有时候两个人同时开口要说话。

她便打住，让他先说。

他也停下来，让她先说。

你知道吗，我昨晚就在想，我生日，你会送我一只大大的公仔或者是一本书。

可是我觉得送公仔会不会俗了点，女孩子都是送这个就没有创意啦。

不过书也挺好的，嗯，我喜欢。

他让她翻开书，扉页上是他写的一句话：

即使全世界都与你为敌，总有一个人对你不离不弃。

这是曾经出现在他文字里的一句话。小 M 说，你知道吗，读完那篇文字，酸酸的，会想起许多事情。

我还是不敢拿给我的朋友看。

为什么呢？

……

他自己也说不出为什么。面对越亲近的人，越是开不了口。选择这样一种方式。用他漂亮的行书写在扉页上。底下是签名。时间是 4 月 18 日。一个属于白羊座女生的日子。

他说，最近我在研究星座，一个师兄跟我说，射手座和白羊座很合适哦。

和那个师兄，彼此间也算是熟识。他是个狂热的星座研究爱好者，关于射手和白羊合适的理论，也是从师兄那里抄袭过来的。那日他从电台录完节目回来，她打电话给他，本想听他讲述在电台的情况。但终究没有问成。

挂了电话，心里会泛起微酸。虽然在小 M 眼里，她并不将眼前的这个男生看得多么神秘，尽管在别人眼中，他是那样锋芒毕露的一个人。一举一动总是会牵动许多人。习惯了生活在光环里。享受别人的称赞。从他的身上可以窥见那种融为一体的优越感，没有刻意表现出来，却总会不小心灼伤别人。

看完他的文字，会产生他是生活在另一个世界里的幻觉，采访他之前，小 M 对他的为人进行了许许多多的猜想。毕竟现实和文字是不一样的。而这样的一个男生，在相识了之后，并没有她原先感到的那种拒人于千里之外的疏离感，只是觉得亲切，是个质朴的人。

但小 M 有时候会傻傻地想，凭什么我们能够相爱呢？于是问他，你为什么喜欢我呢？

撒开那些"喜欢一个人是不需要理由"的言论，她想要的，是用一个实实在在可以触摸得到的缘由来印证相爱的原因。

他并没有正面回答，只是和她讲起了自己的处境。

有时候我贪得无厌，渴望很多很多的爱，沉湎在虚荣驱使的肤浅里。可是当整个世界的喧嚣被删除之后，会感到巨大的恐惧笼罩下来。世界里剩下孤单单的影子，贴着卑微的地面。除了那些虚无的所谓才华之外，我一无所有，有时候看着别人出双入对，会泛酸，真的，渴望能够有个人永远站在你身边……你给我的感觉很安稳，不会将我另眼相看。那一天你跟我说有个男生跟你表白之后，我突然发现自己，在意你了，心里萌生不能让你被人抢走的感觉。所以……也算是我图谋不轨吧。

他们牵着手，坐在体育场的台阶上。篮球场的灯光打在彼此身上，朦胧的感觉。起了点风，她将头靠在他的肩膀上，他故意开玩笑说，靠着我是不是很不舒服，你看我都是骨头。

不会，我喜欢。

就是这样的一个女生，简单，善良，并没有太多的话，却总和他心有灵犀。

——你让我明白，原来幸福如此简单。

他喜欢看她的眼睛，并非多么多么大的一对眼睛，但是会说话。和她牵手走着，总不愿放开。这样的感觉，在每一次走到女生宿舍楼下即将分别的时候，变得更加强烈。放开了手，还是会感觉到手心贴着的温度，恰到好处，从掌心一直延伸到心底。会不经意就想起她，想起她的那一句："你喜欢我吗？"

周围知道他们在一起的人，表现出极大的好奇心，八卦者不在少数。有时候他不喜欢被众人关注的感觉，感情是两个人的事情。他问小M，和我在一起有压力的哦，你怕不怕？

呵呵，我不怕。真的，小M很坚强的。

好，你不怕我也不怕。

沉默了片刻，小 M 说，其实我还是想跟你说，我不希望你变成那种人，每个人都是平凡的，你不过比别人多了一份幸运而已，别人通过努力，也可以像你一样成功。所以呢，我们要怀抱一颗平凡的心。

这是留在他印象里极为深刻的一句话。从来没有一个人这样跟他说过。他相信那一刻，他是喜欢她的，不需要想太多，就能够牵着手一直走到时间的尽头；不需要太多的言语，浸润在骨子里的那股情感足以滋养枝繁叶茂的大树。

一棵开花的大树。

五

沉淀在她心底的一个梦，会有被唤醒的一天。有许多歌曲可以形容此时的心情。苏打绿的《小情歌》，张信哲的《做你的男人》，杨千嬅的《少女的祈祷》，而最贴切的，还是安以轩的那首《如果那天没有遇见你》。

如果那天没有遇见你，那么一切是不是就会朝着不同的轨迹飞奔而去，是不是我们就永远永远，没有交集？

高考时小 M 听从家人的建议，并没有报考武汉大学，所以也就失去了和樱花共舞的机会。而他，也第一次在考场失了手。这是他自幼经受的最大的一次打击。有时候会觉得遗憾，但没有这样的阴差阳错，我们又怎么会相遇呢？如果没有这样的邂逅，生命如何盛放璀璨的花朵？我们之间绕了这么一圈才遇到。拉钩，约定哪一天收拾行囊到武汉，两个人的旅行。要看那盛开的樱花。要将爱情书写在那样一个连空气也会浪漫的季节里。

这便是他们之间的故事，处在未完成的状态，并且永远也没有完结的趋势。在绕过了生活里曲曲折折的拐角后，忽然跃进了一片平静的大海。他觉得，自己是幸福的，有她在身边，天不会塌下来。任何的苦痛都无法将他击倒。刻骨铭心的安稳。

兵荒马乱过后，太平盛世。亲爱的小 M，我只是想告诉你——

你是我的青颜，是我一生的眷恋。

作者简介
FEIYANG

　　林培源，男，1987 年 12 月生于汕头澄海。2007 年完成个人首部长篇小说《暖歌》。崇尚质朴干净有力量的文字。(获第七届"中国少年作家杯"一等奖，第九届新概念作文大赛一等奖，第十届新概念作文大赛一等奖)